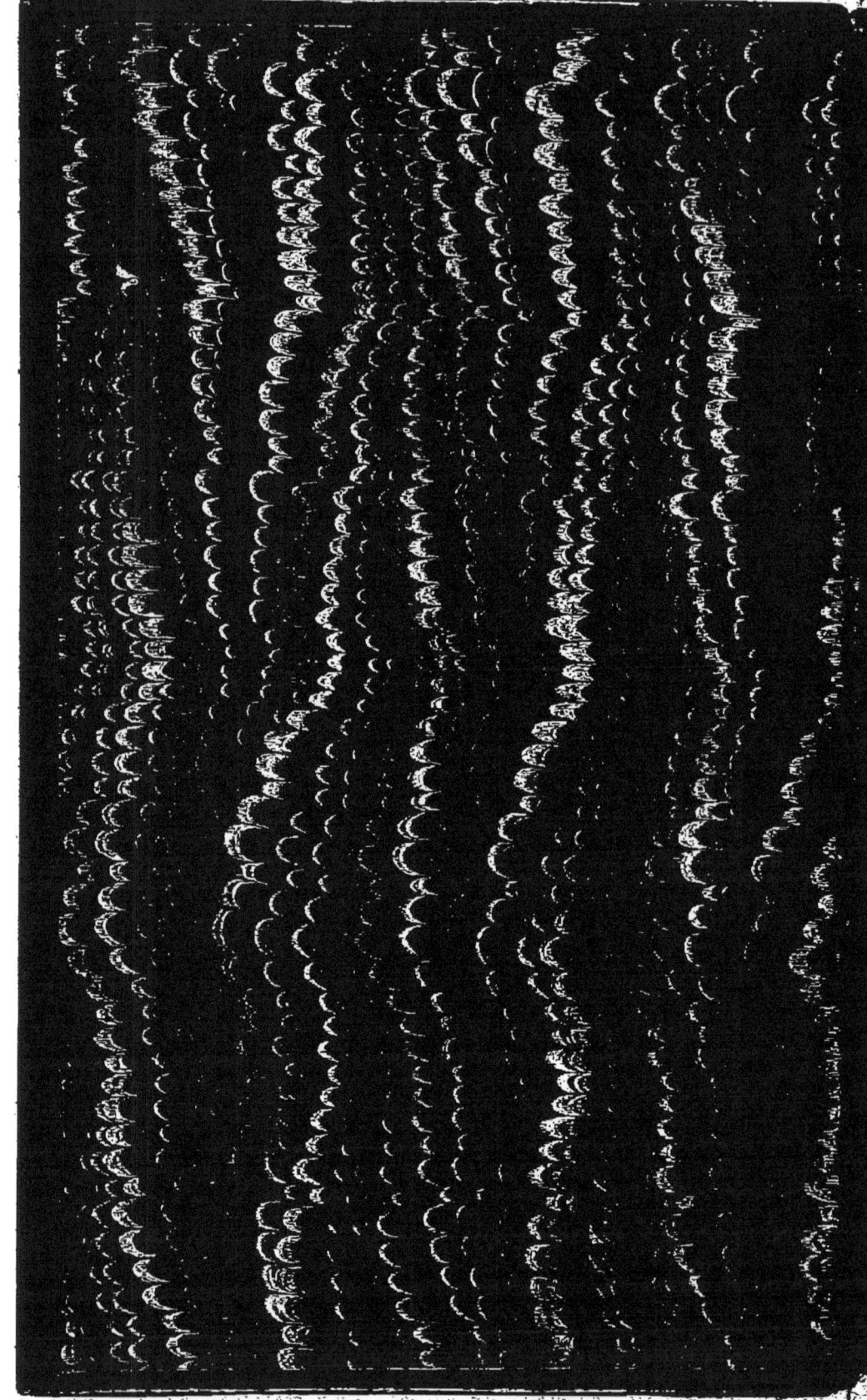

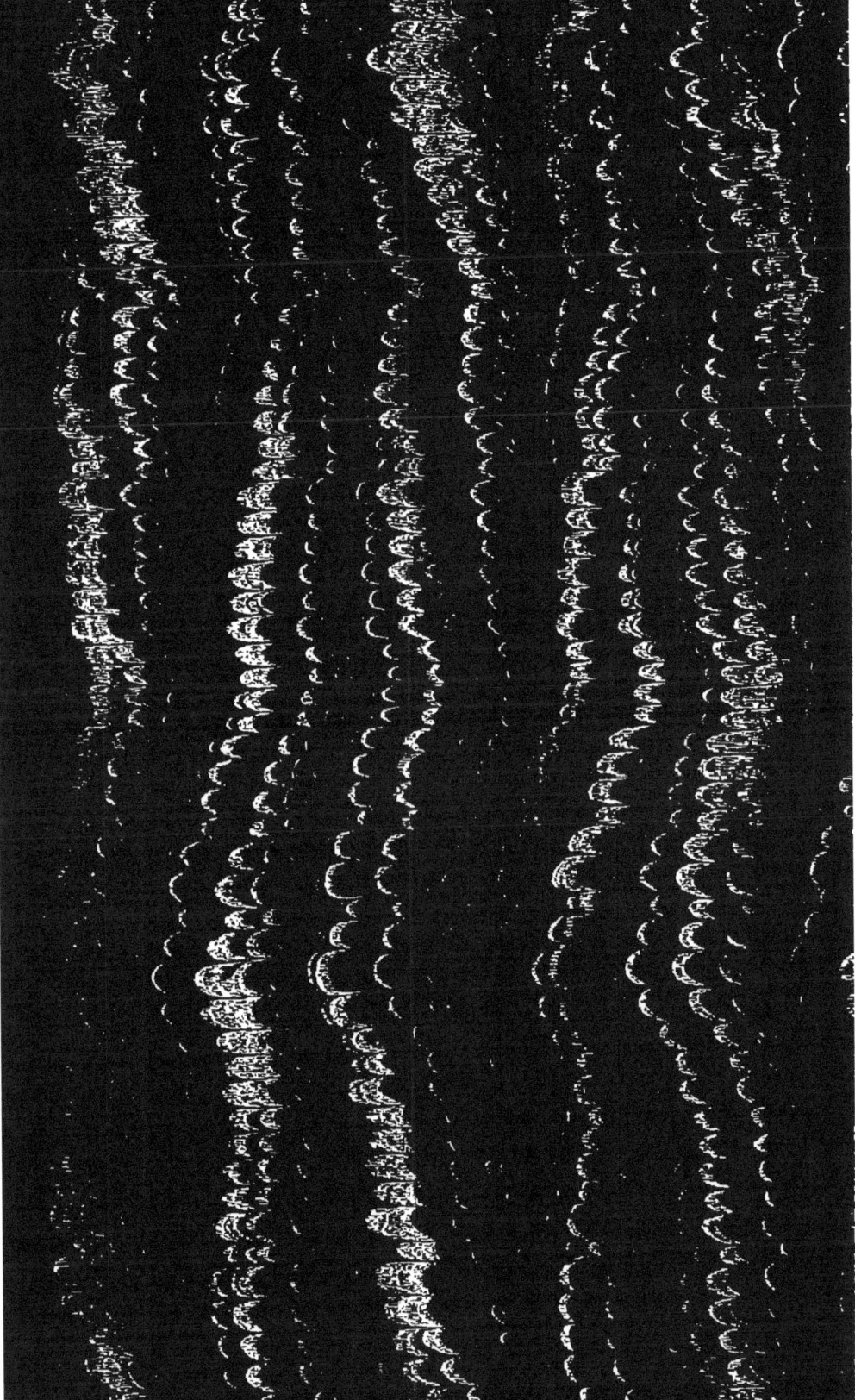

(tire à 2 Exempl)

Y^2 Réserve

3224

LA

CORBEILLE

DE FLEURS.

N. B. Il y a encore quelques exemplaires des BERGERIES imprimées par F. A. Didot l'aîné; MON JOURNAL D'UN AN, ouvrages de la même Dame, auteur de celui-ci, et qui se trouvent à l'adresse ci-après.

Diversité, c'est ma devise ;
On plait par la variété :
Récit bien fait, plein de gaîté,
Mêlé de pathétique et de critique exquise,
Où l'esprit et le coeur, le goût sont satisfaits,
Imodor, est toujours couronné du succès.
        S. P. D. M. S. J., Éditeur.

A PARIS,

De l'Imprimerie de Marchant, impasse
Matignon, galeries du Louvre.

Cette Édition n'a été tirée qu'à vingt-cinq
exemplaires, et les 25 en papier vélin.

1796, v. st. Floréal, an 4., E. des F.

(Par la cenne Mérard de S. Just.)

DEMENCE

DE

MADAME DE PANOR,

EN SON NOM

ROZADELLE SAINT-OPHÈLE;

SUIVIE d'un Conte de Fées ;
d'un Fragment d'ANTIQUÈS ;
d'une Anecdote villageoise,
et de quelques Couplets ;

Par l'Auteur de l'Histoire de
LA BARONNE D'ALVIGNY,
OU
LA JOUEUSE.

A PARIS,
Rue Helvétius, No. 605.

L'Anecdote suivante, exactement vraie dans ses moindres détails, et rendue publique en 1780, a donné lieu à toutes les histoires de FOLLES qu'on a fait imprimer depuis.

Nous réclamons la priorité pour celle-ci, parce qu'elle lui appartient; car jusqu'à l'époque de 1780 nous ne connaissions d'aventure de FOLLES D'AMOUR, écrite et publiée, que celle de CLÉMENTINE dans Grandisson.

Au reste, antérieure ou postérieure, l'intérêt seul qu'elle pourra inspirer, lui donnera la supériorité ou l'infériorité sur les autres du même genre.

Nous avertisssons que celle-ci n'est que la suite de MON JOURNAL D'UN AN.

LETTRE

DE LA MARQUISE

VICTORINE D'ORTINMAR,

A sa soeur, la Comtesse Elinore
D'IMMO-ROTARNI.

Ce 22 Août, 1781.

V OUS êtes en vérité, ma soeur,
prodigue de remercimens ! Le
récit des aventures de la Baronne
d'Alvigny est si peu de chose,
que je suis presque fachée de vos
éloges beaucoup trop flatteurs ;
je ne les mérite pas. Votre indul-

I

gente amitié pour moi vous a
seule fait trouver dans mon style
un agrément que je n'ai point l'a-
mour propre d'y voir. Au sur-
plus, si j'ai été assez heureuse
pour vous distraire quelques momens dans votre retraite, je suis
pleinement et plus que récom-
pensée. Je vous dois, ma soeur,
ce premier essai de ma plume;
ainsi mes succès vous appartien-
nent : mon triomphe devient le
vôtre. Il faut que je vous remercie
à mon tour de l'occasion aimable
que vous m'avez procurée de
vous plaire. Que d'avantages vous
avez sur votre soeur ! Véritablement c'est Victorine qui doit

de la reconnaissance à sa chère Élinore.

Puisque vous vous amusez de mes lettres, et que vous m'engagez à exercer le talent que vous croyez reconnaître en moi, je veux vous punir d'exciter ma vanité, en vous envoyant, en réponse à toutes vos cajoleries, un manuscrit que j'achève de mettre au net* ; manuscrit qui intéressera, j'en suis sûre, votre coeur sensible et bon, et vous délassera une soirée, « de l'ennui que vous donne, depuis quinze jours, une vingtaine d'ouvriers auxquels

* Il s'agit de MON JOURNAL D'UN AN.

vous ne pouvez rien faire finir ».

J'étais encore fort jeune, comme vous savez, lorsque je perdis mon mari : vous faisiez alors votre voyage de Pologne. J'allai passer mon année de deuil à l'abbaye de la Croix. Ce fut dans ce couvent que je fis la connaissance de madame de Vermenil, une des plus aimables femmes avec lesquelles j'aie jamais été liée. Depuis mon retour dans le monde, je n'ai point cessé de la cultiver par de fréquentes visites, ou d'en recevoir les plus charmantes lettres. Elle vient tout récemment de perdre une de ses amies. Elles vivaient en-

semble, depuis dix ans, dans la
plus grande intimité. Non, on
ne peut rien lire de plus touchant
que ce que madame de Vermenil
m'écrit au sujet de cette perte.
Son ame parait si sincèrement af-
fligée, que son affliction devient
la mienne. Aussi l'amie qu'elle
regrette était bien intéressante.
Quoique je ne l'aie vue que trois
ou quatre fois, au plus, je sens
que je pleure, que je pleure pour
elle-même, mademoiselle de Ro-
zadelle – St. – Ophèle, ou plutôt
madame de Panor, dont vous
m'avez souvent entendu parler.
Ce sont ses mémoires que je vous
envoie ; mémoires écrits par elle-

I.

même, et donnés à madame de Vermenil, qui scrupuleusement discrète, n'en avait fait part à personne.

Je me rappelle que vous aviez presqu'autant de curiosité que moi de savoir les détails de ses malheurs. Ils seront bientôt sous vos yeux. Ou je me trompe fort, ou vous ne les lirez pas sans répandre des larmes.

Si madame de Panor ne fût morte avant nous, nous n'aurions jamais su qu'imparfaitement les évènemens de sa vie. Madame de Vermenil avait promis de ne jamais les communiquer, du vivant de son amie. Fi-

dèle à sa promesse , malgré mes
pressantes instances, je n'ai jamais pu parvenir à tirer aucun
éclaircissement sur ce que je dé-
sirais savoir. Ah ! que ne suis-je
encore dans mon ignorance !
Madame de Panor existerait, et
mon amie ne serait pas dans la
douleur. Votre coeur sera brisé;
le mien est flétri.

Adieu, ma soeur.

La marquise Victorine
D'ORTINMAR.

LETTRE

DE MADAME LA VICOMTESSE

DE VERMENIL,

A Madame la Marquise D'ORTINMAR.

Ce 18 Juillet, 1781.

OPHÈLE!... Ophèle!.... ma douce et tendre amie!... Elle n'est plus!... Hélas, Madame, ses beaux yeux sont fermés pour toujours! Sa bouche ne me sourira plus. Son coeur naguère si brûlant pour l'amour et son amie, ne respire plus, ne sent

plus rien ; il est froid, anéanti.
Je ne vous peindrai point en ce
moment mes regrets : je n'en ai
pas la force. Pour vous en entretenir, j'attendrai que mon ame
se relève un peu du coup affreux
qui l'a frappée. Je suis mou-
rante. Oh! mon Ophèle! pourquoi la religion s'oppose-t-elle
à ce que je me réunisse à toi dans
ta tombe? Ta tombe! Oh! oui, je
voudrais m'y ensevelir! Peines,
souffrances, je serais délivrée de
tous les tourmens! La douleur,
les larmes, la mort même n'ont
vraiment de réalité que pour
l'amie qui survit à son amie.

Je vous ai parlé cent fois, Madame, de ce qui me détermina à aimer celle qu'aujourd'hui je pleure si amèrement. Ses malheurs... ah! je n'en ai jamais connus de semblables, de si dignes d'intérêt, d'un intérêt si tendre! A la fleur de l'âge, belle de sa jeunesse, de sa langueur, de son délire même; l'impression qu'elle me fit, restera éternellement gravée dans mon coeur. Ophèle était alors privée de sa raison, mais non de sensibilité: la sienne déchirait l'ame.

Qu'il vous suffise en ce moment, Madame, d'apprendre ce que jai dû vous cacher jusqu'à ce jour. En descendant au tombeau, mon Ophèle m'a permis de révéler son secret, dont il m'a toujours fallu vous faire un mystère impénétrable. Puissè-je, par la vérité de mon récit, que je n'essaierai point d'orner, d'embellir, rendre pour vous Ophèle à la vie! vous en sentiriez mieux toute ma perte!

Adieu, Madame : je ne vous dis rien de mes sentimens. Toute entière à ma tristesse, à mon chagrin, je n'existe que par la douleur.

EULALIE DE VERMENIL.

DÉMENCE

D'AMOUR

DE

MADAME DE PANOR,

EN SON NOM,

ROZADELLE SAINT-OPHÉLE.

Elle nourrit son mal, elle pleure, soupire;
Se consume d'amour et chérit son délire.

DEPUIS près d'un mois, on ne s'entretenait dans mon couvent que d'une jeune insensée, dont chacun récitait quelque trait de démence. On la plaignait, ou l'on s'en mocquait ; car il est des

2

êtres qui rient de tout, même
de ce qu'il y a de plus affligeant
dans la nature. Je n'avais pas encore eu la curiosité de connaître
cette infortunée. Livrée à la solitude, mes longs chagrins m'en
avaient fait un besoin; je sortais
peu de ma chambre : et je me
trouvais rarement avec les dames
pensionnaires de l'abbaye, lorsque je ne recevais pas l'honneur
de leurs visites. Cependant, à
force d'entendre parler de madame de Panor, je pris à elle un
secret intérêt, et conçus même
un désir très-vif de la voir et de
l'entretenir. On me dit que cette
intéressante créature avait choisi

dans un lieu écarté du jardin, un bosquet, pour y dresser une espèce de mausolée à l'objet de son amour ; que là, deux fois dans la journée, elle venait répandre des larmes et des fleurs sur la tombe d'un amant chéri, en lui adressant les choses les plus tendres.

Je m'informai des heures de ses promenades ; j'appris qu'elle ne les faisait plus qu'au lever de l'aurore, ou vers la chûte du jour, depuis que quelques indiscrètes, ayant épié ses démarches, étaient venues la surprendre et interrompre ses offrandes.

Un matin qu'éveillée de fort bonne heure, je m'occupais de LA FOLLE; car c'est ainsi qu'on l'appellait assez généralement; je me lève et descends au jardin. J'entre dans le petit bois, où j'apperçois distinctement le monument consacré à l'amour.

Assise et cachée derrière une haute et épaisse charmille, il y avait à peu-près un quart d'heure que j'étais là, lorsque j'entends courir légèrement quelqu'un à ma droite : j'écarte doucement les branchages ; je vois une femme charmante. Elle accourait comme une personne poursuivie : elle s'arrête tout à coup, lève par trois

fois ses bras vers le ciel, et dit,
d'un son de voix, si doux! «Tou-
» jours ils me tourmentent!...
» toujours!.... toujours!»....

Apparemment qu'elle s'imaginait être observée; cependant
qui que ce soit ne la suivait. Elle
s'avance seule, vêtue de deuil;
une ceinture blanche marquait
sa jolie taille; ses cheveux épars
flottaient sur sa gorge; sa pâleur,
(les roses de son teint avaient
disparu), la rendait plus intéressante. Sa physionomie était
douce, aimable; et sans ses yeux,
où se peignaient le trouble et l'é-
garement de son ame, on aurait
pu la prendre pour une infor-

tunée accablée de langueur, qui
recherchait le calme du matin,
et soupirait après la paix, nécessaire à ses peines.

Son examen fini, sûre qu'on
ne l'observait point, elle se dé-
tourne de ma droite et marche
vers le côté opposé, où était son
petit temple. Vîte je passe à ma
gauche, pour ne point perdre de
vue Ophèle ; mais involontairement je fis un peu de bruit,
causé par des feuilles qui se dé-
tachèrent. Ophèle prit un air
inquiet, et la plus sombre tristesse se répandit sur son visage.
Eh! quoi? encore! dit-elle: ils
sont là! qu'on me laisse en repos!

ah! de grace, laissez-moi donc en repos! je ne trouble celui de personne, et tout le monde met son plaisir à me chagriner!* MAIS LE FERMIER ET SON CHEVAL ME DÉLIVRERONT.

Peu à peu Ophèle reprit sa sérénité ordinaire : elle me parut tranquile, fit plusieurs fois très religieusement le tour du triste coenotaphe, et dit à voix haute, d'un ton pénétré, en étendant un de ses bras sur le monument de ses regrets : Il est là mon ami! portant ensuite l'autre main à sa tête, elle ajoute : Il est là encore! Enfin pressant

* VOYEZ MON JOURNAL D'UN AN.

fortement son coeur : Toujours,
répète-t-elle, toujours il est là!..

Ensuite Ophèle tombe dans
une profonde rêverie ; sa poitrine
s'oppresse : je l'entends soupirer,
sanglotter, pousser de longs gé-
missemens. Le nom de d'Éloncour frappe mon oreille. Je ju-
geai que c'était celui du mortel
qu'elle implorait : je ne me trom-
pai point.

A cet abattement tendre suc-
céda bientôt un accès assez semblable à de la fureur : je craignis
qu'elle n'y succombât. Ses regards éteincelaient de colère.
Ophèle recula cinq ou six pas,
comme une personne à qui ino-

pinément apparaîtrait un monstre hideux, épouvantable, horrible. - Cruelle, s'écrie l'amante
de d'Éloncour, laisse-moi! laisse-moi! viens-tu pour me traîner
encore aux pieds des autels ?
femme méchante! barbare furie!
viens-tu pour me ravir une seconde fois mon bien aimé? Ta
rage doit être assouvie : tu nous
as donné le trépas à tous deux.
Fuis, fuis loin de moi, spectre
effrayant, et fais place à une
ombre chérie!

Un instant Ophèle prête une
oreille attentive : elle semblait
écouter quelqu'un qui lui parlait. - Eh! que me fait ton re-

pentir, quand il devient inutile!
Vivante, as-tu jamais été sensible à nos tourmens? Jamais nos pleurs ont-elles pu toucher ton coeur de bronze? Il est bien temps, aujourd'hui que je n'existe plus! Garde tes remords; qu'ils déchirent ton ame féroce; qu'elle en soit la proie. Les larmes sont le partage des coeurs aimans... Toi, ma mère?... ma mère m'aurait aimée! Non, tu n'es que mon tourment. Ote-toi de ma présence; ôte-toi, te dis-je : ta vue sèche mes larmes, et je sens que j'ai besoin de pleurer.

Aussitôt deux ruisseaux de larmes s'échapent de ses yeux.

Elle tire de sa poche un flacon qu'elle porte sous ses paupières : après avoir recueilli ses pleurs, elle les répandit sur le mausolée.

Oh ! mon cher d'Éloncour, grace ! grace pour ton Ophèle ! Reçois l'offrande de ses larmes.

Si un autre que toi est mon époux, c'est qu'ils m'ont trompée. Je ne suis point mariée : ils ont profité de mon évanouissement.

Tout à coup la voilà riant aux éclats. — LE FERMIER ET SON CHEVAL ... ils sont là ... sur ce clocher ; mais ils viendront, et je me sauverai ; oui, ils viendront : ils ont bien fait d'autres courses !

Ophèle s'éloigna. Je la crus partie. Je sors de ma cachette ; j'examine le mausolée, où je déchiffre quelques inscriptions. Elles avaient rapport aux malheurs d'Ophèle. J'étais encore à les lire, lorsqu'elle reparut, portant des roses dans ses mains. Je me range un peu, pour la laisser passer ; car je n'eus pas le temps de rentrer dans le petit bois. Ne m'appercevant pas encore, cette jeune victime de l'amour reprit ainsi la parole : Oh! mon amant, mon doux ami! toi qu'un lien de fleurs devait unir à ta maîtresse, accepte celles-ci : je les ai cueillies pour toi.

Comme

Comme l'abeille, fais-en ta nour-
riture ; l'absinthe sera la mienne.
Hélas ! comme il est malade ,
mon pauvre coeur, depuis que je
ne t'ai vu !

En se retournant, Ophèle
m'apperçoit : elle veut fuir ; je
ne trouvai rien de mieux pour
la retenir que de prononcer le
nom de son cher d'Éloncour.
Cela produisit l'effet que je m'en
étais promis. Elle revint sur ses
pas ; m'examina avec un trouble
inexprimable ; se rapprocha de
moi, prit doucement ma main
qu'elle baisa, et me sourit. Quel
sourire enchanteur ! — Qu'avez-
vous dit ? d'Éloncour ? Oui, ré-

pétè-je, le cher, le bien aimé
d'Éloncour. — Que vous êtes
bonne! que vous me faites de
bien! Je croyais qu'il n'y avait
plus que moi sur la terre qui sut
ce beau nom. Mais, continua-
t-elle, en m'attirant sur un banc,
vous le connaissez sans doute;
car votre figure est céleste? En
disant cela, elle me regardait
fixement. —Oui, elle a quelque
chose de divin! il vous a envoyée
vers moi : mes soupirs lui sont
parvenus. Ne me le cachez point:
ne craignez pas de me donner
trop de plaisir. Il y a si long-
temps que personne ne me parle
de lui. Plus j'attache mes yeux

sur les vôtres, et plus je crois remarquer en vous quelques traits
du Comte. Il vous les aura prêtés
pour me consoler. Il a bien fait,
ce cher Comte !

Alors elle se mit à rêver.
Jettez la vue là-bas, me dit-
elle,... là-bas... Puis elle ap-
puya sa main sur son front,
comme quelqu'un qui cherche à
se rappeler un fait de quelque
importance, et qui a du chagrin
de ce que la mémoire lui manque.
Ah ! reprit-elle, en soupirant
profondément, je n'étais pas autrefois comme vous me voyez...
ni comme cela non plus, me
montrant sa robe de deuil. Un

nuage bien noir... oh! oui, bien
noir.... ce sont tous mes chagrins dont je suis entourée ;
vous en voyez beaucoup. Il ne
faut pas, chère Ophèle, lui dis-
je, perdre tout espoir : le Comte,
peut-être reviendra. – Non; pas
possible !... pas possible ! Eh !
comment reviendrait - il ? les
cruels ont bâti une maison sur
son corps : vous savez bien
pourquoi? Ophèle a fait tout ce
qu'elle a pu pour l'aider à sortir. Rien : ils ont barricadé sa
prison de manière qu'il y restera
toujours ; et moi, me voilà morte
aussi. Mais, lui dis-je, vous ai-
miez donc bien votre amant? il

vous chérissait donc avec bien de la tendresse? – Votre question m'étonne! tout le monde sait cela.

Ophèle se met à chanter. Sa voix douce, sonore et flatteuse, m'enchantait ; mais elle s'arrêta au milieu de sa chanson, et dit: Comte, c'est pour toi que je chante.... Mais tu ne m'entends pas ; car tu me répondrais... Et tu gardes le silence! Écoutez, ajouta Ophèle en m'embrassant: cher portrait de mon ami! tâchez donc de lui ressembler encore un peu plus, si vous pouvez. Vos yeux sont trop bleus.... Elle se tut, et reprit presqu'aussitôt.—— Je n'ai jamais compris comment

3.

autrefois, ne faisant qu'un, nous
étions deux ; et qu'aujourd'hui
qu'il est en moi, (il y est bien:
je le sens ; son coeur presse le
mien), et qu'aujourd'hui qu'il
habite en moi, je suis pourtant
seule, toujours seule.

Voyant coûler mes larmes,
Ophèle me dit : vous pleurez!
avez-vous perdu un ami? et moi
j'avais un ami.... L'infortunée
retomba dans un nouvel accès.
Elle se lève, et va se précipiter
sur le gazon qu'elle imaginait être
le dépositaire du corps de son
amant. Elle le tint embrassé jusqu'à ce que ne sentant plus sa
douleur par l'excès de sa douleur

même, elle s'évanouit et resta sans connoissance sur une des marches du monument funèbre.

Comme deux coeurs sont prêts l'un de l'autre, quand tous deux sont infortunés! Je cours vers Ophèle, la relève ; je la rassieds, et lui faisant respirer des sels, que je porte toujours sur moi, je parvins enfin à la rappeller, non pas à la vie, car ce n'est point vivre que d'exister ainsi, mais je lui rendis assez de force pour pouvoir se soutenir.

Vous êtes donc encore – là, me dit-elle, en promenant sur moi des regards languissants ?

j'ignore d'où je viens. Si je ne m'en souviens pas, vous, vous le savez : qu'il l'apprenne par vous. Vous le voulez bien? oui, vous le voulez bien?

Laure, c'est le nom de la femme-de-chambre d'Ophéle, vint la chercher pour la reconduire à son appartement. Je pris une estime sincère pour cette excellente fille si touchée du déplorable état de sa jeune maîtresse. Elle lui prodiguait ses soins avec tant d'affection! Elle conservait pour elle le plus tendre respect, et n'abusait jamais de son égarement, qui la mettait à sa merci.

Remplie d'admiration pour
Laure, de reconnaissance envers la bonté céleste, dans un
vif élan de mon ame, je remer-
ciai le ciel de laisser encore sur
la terre, pour nous consoler,
quelques êtres de notre espèce,
bons, compatissants à nos mi-
sères; qui nous les adoucissent,
et nous les font supporter avec
plus de résignation. Que je vous
chéris, ames sensibles, qui vous
attendrissez à nos pleurs!

Adieu, me dit Ophèle, en me
tendant une de ses mains; adieu:
vous reviendrez, et moi aussi
je reviendrai. Et s'appuyant sur

le bras de Laure, elle se retira bien lentement.

Pensive, et l'ame livrée à la mélancolie, je les regardais s'éloigner de moi. Tant que je les apperçus, je les suivis des yeux et du coeur. Quand je ne les vis plus, je songeai alors à me retirer. Plongée dans la tristesse, je regagne mon appartement. Mon ame était abattue, déchirée, brisée. De retour chez moi, je donnai un libre cours à ma sensibilité. Comme je m'y abandonnais avec délices! Je m'y livrai toute entière; j'étouffais. Si long-temps je m'étais contrainte! je respirais à peine; je me sentais oppressée. Mon coeur était dans une situation difficile à rendre.

Un peu soulagée, je surmontai mon accablement, et me mis à mon secrétaire, où, pour ne rien oublier de la scène intéressante dont je venais d'être témoin, j'écrivis avec rapidité les propres paroles, et confiai au papier le récit fidèle des actions touchantes de la plus sensible des créatures.

Quelques jours après ma première entrevue avec Ophèle, un soir, sur les neuf heures, je fus très surprise de voir entrer Laure dans mon appartement. Que vou-

lez - vous, lui dis - je? Hélas!
madame, reprit cette fille avec
l'expression du plus vif sentiment, pardonnez à mon impor-
tunité : pardonnez, si je viens
troubler votre solitude ; je suis
excusable. Ma maîtresse, comme
vous le savez, est dans un bien
pénible état. J'en suis pénétrée
d'affliction. Eh! qui ne le serait
de même à ma place? Je cherche,
autant qu'il est en mon pouvoir,
à lui porter le plus de soulage-
ment possible. C'est ce motif qui
me fait venir vous trouver. Depuis que ma maîtresse s'est en-
tretenue au jardin avec Madame, elle n'a qu'un cri après elle.

Puis-je

Puis-je entrer, demande-t-on doucement? et sans attendre de réponse, on poussa ma porte qui s'ouvrit et me laissa voir Ophèle dans le plus aimable abandon. - Ah! ma bonne amie, continua-t-elle, en se précipitant dans mes bras, et me tenant serrée dans les siens, je vous cherche depuis long-temps. J'y suis revenue, moi; et vous, vous n'y étiez pas; (elle entendait le jardin). J'ai pensé que vous vouliez me quitter ainsi que les autres : mais si le Comte m'a abandonnée, n'allez pas croire que ce fût sa volonté. Il ne l'a pas fait exprès. Oh! non : Laure vous le certi-

fiera. On l'a forcé, contraint.
Peut-être ne pourrai-je plus jamais le revoir. —Elle pleure.
-Chut! Paix! reprit-elle, d'un air
mystérieux. Si les ennemis qui
sont cachés, peut-être là-dessous,
(elle montrait mon lit), vous en-
tendaient, ils vous en voudraient
sûrement de me plaindre : ils
vous feraient peut-être périr.
Ah!... les voilà qui s'envolent.
Les voyez - vous? Bon! à présent causons librement : plus de
crainte.

Je vous dirai que j'avais besoin de vous voir. Vous êtes si
bonne! Ah! c'est bien! c'est
bien! vous aimez les infortunés:

moi je les aime aussi. Eh! comment ne les aimerais-je pas? je suis si malheureuse !

Laure me raconta dans cette soirée plusieurs particularités de la vie de sa maîtresse , Ophèle présente ; particularités qui me mirent au fait de son genre d'aliénation. Par exemple, je compris alors une des phrases qu'Ophèle répétait le plus souvent ; celle du FERMIER et DE SON CHEVAL. Il était question de Jacques, lequel Jacques avait contribué à son évasion , quand elle se sauva du Château-Noir, appartenant à monsieur de Panor.

Je m'apperçus que durant

tout le récit de Laure, Ophèle
prêta silence, et toute l'attention dont une femme, dans son
bon sens, peut être capable. A
peine osait-elle respirer, dans
la crainte d'interrompre Laure.
Ophèle semblait examiner l'impression que ses malheurs fai-
saient sur moi. Sitôt qu'elle eut
cessé de parler, présumant que
sa maîtresse allait avoir un accès, Laure, l'attentive Laure
voulut la faire retirer. Ophèle
poussa des cris douloureux, les-
quels m'émurent jusqu'au fond
de l'ame. Je promis à Laure de
venir voir Ophèle, et de partager ses soins pour une femme

qui, de jour en jour, me devenait plus chère. Sans savoir
pourquoi, je me sentais flattée
de la préférence qu'elle me donnait sur toutes les autres dames
du couvent. Elle a bien jugé
de mon coeur, me disais-je. Je
veux lui montrer qu'elle ne s'est
pas trompée dans son choix :
oui, j'adoucirai, je diminuerai
du moins ses peines.

Dès le lendemain, je rendis
visite à madame de Panor. Je
sonnai à sa porte : ce fut elle-
même qui m'ouvrit. Elle ne m'eut
pas plutot reconnue, que transportée de joie, elle s'écria, en

retournant sur ses pas, et courant se jetter dans le sein de Laure : Bonne ! Bonne ! ah ! c'est elle ! c'est LA BELLE DAME ! elle ne me nommait jamais autrement. Bonne ! elle me l'avait bien dit qu'elle viendrait. Elle ne trompe pas, la Belle Dame. Ah ! c'est bien ; c'est très-bien ! elle aime à faire plaisir : sûrement qu'elle en éprouve aussi.

J'essayerais en vain de répéter tout ce que dans cette visite me dit d'aimable notre FOLLE D'AMOUR. Ce que je sais fort bien, c'est qu'elle me sembla beaucoup plus calme que je ne l'avais jamais trouvée. Je

heures. - Je le savais bien que
vous croiriez que je vous avais
oubliée. C'est elle qui n'a pas
voulu. Je suis toujours enchaî-
née, et pourtant je ne suis pas
méchante. Elle s'assied sur mon
lit, et posant sa main, première-
ment sur ma tête, ensuite sur
mon coeur : as-tu mal là, ou là ?
-Oui, chère Ophèle. -Est-ce que
tu l'as perdu ? – Je suis malade,
ajouté-je. – Malade ? reprit-elle.
Après avoir beaucoup réfléchi
sur ce mot, elle le répéta encore ;
puis m'embrassant, et m'acca-
blant de caresses : - Ah ! ne te
quitte point ; ne me quitte pas non
plus, je t'en conjure. Je n'aurais

tout-à-coup. Je la prends pour un fantôme : j'avais la fièvre, et je crus, dans le premier instant, que l'objet sur lequel j'attachais mes regards, n'était rien que l'effet du délire de mon imagination ; c'était la FOLLE, en déshabillé blanc, pâle comme son linge, les yeux plombés, portant en main, en guise de flambeau, un long papier allumé, qu'elle jetta au milieu de ma chambre, dans la crainte de se brûler. Cachez-moi, me dit-elle, en s'approchant; Laure ne veut pas que je vous voie. — Ma chère belle, lui repliquè-je, pourquoi venir si tard ? Il était près de onze

continuai de la voir habituel-
lement. Devenue nécessaire à
mon Ophèle , sans cesse je lui
parlais de son amant ; parce que
j'avais remarqué que ce sujet
de conversation était un adou-
cissement à ses souffrances, un
véritable baume pour sa tête et
pour son coeur.

Il se passa une semaine entière sans que j'eusse de ses nouvelles : j'étais tombée malade et
je gardais le lit, ne recevant personne. Accoutumée à venir tous
les jours chez moi, Ophèle s'en-
nuya , sans doute, de ne me
plus voir. Un soir qu'on avait
laissé ma porte ouverte, elle entre

plus personne pour pleurer avec
moi. Ne me cause pas ce chagrin.
N'en ai-je pas assez? Je t'ai cru
disparue avec d'Éloncour, et je
disais : qu'elle a peu de patience!
LE FERMIER ET SON CHEVAL
nous auraient sauvées ensemble.

Ophèle se lève de dessus mon
lit, va dans une des embrasures
de ma chambre; et après y être
restée plusieurs minutes, l'air
riant et satisfait d'elle-même,
elle revient auprès de moi, s'occupant à dérouler une bande-
lette. Les yeux appesantis, et à
moitié fermés par la fièvre, je
ne distinguais pas bien. Tiens,
me dit-elle, tiens, je te fais ce

présent. Quand on m'en a ôté,
ce matin, à cause d'une chute
dangereuse, on m'a persuadée
que cela me serait salutaire. Je
t'en offre, comme étant ce que
j'ai de plus précieux. L'amour
est là, et l'amitié, sans doute ;
car l'amitié toujours le précède,
ou le suit. Mon bien aimé et toi,
il n'y a que vous deux pour qui
je le répandrais, et bien volontiers, jusqu'à la dernière goutte.
En disant cela, elle étendait son
bras, et couvrait mon lit de
son sang. Quel don ! Saisie, gla-
cée d'effroi, je sonne de toutes
mes forces. Ophèle paraissait
étonnée de mon trouble. Aline,

ma femme-de-chambre, arrive à mes cris. Quel spectacle! Vîte elle vole à ma trop généreuse amie. Nous lui rattachons sa ligature en toute diligence, et cet accident n'eut aucune suite facheuse.

Laure qui n'avait laissé seule sa maîtresse que pour un moment, inquiète à son retour, de ne plus la trouver, la cherche, l'appelle. Comme elle approchait de mon appartement, Ophèle l'entendit. — Elle m'appelle : tu lui diras de ne pas me gronder? Ma femme de chambre va au-devant de Laure, et nous l'amène tremblante et baignée de larmes.

larmes. Ophèle (son coeur était
si bon!) ne songeant plus à se cacher, est la première à consoler
sa bonne. Pardonne, Laure,
pardonne ; excuse Ophèle : je ne
me passerais pas plus de toi, que
je n'ai pu me passer d'elle. Si
quelques fois je suis heureuse,
je ne le suis que par vous deux.
Heureuse ! Oh! non : le Comte..
Elle fit signe de la main qu'il
était bien loin, bien loin, et
soupira.

Depuis quatre ans ma liaison
avec Ophèle était la même, et
je n'appercevais aucun progrès
dans sa guérison. Les secours
de l'art n'apportaient nul soula-

gement à ses maux ; ce qui commençait à faire désespérer les
médecins d'une cure qui devenait, de jour en jour, plus difficile. Mais le hasard nous rendit tous à l'espérance.

Mon frère, de retour de Pon-
dichéry où il était demeuré toute
la dernière guerre, n'eut rien de
plus pressé que d'accourir à mon
couvent : il m'aimait beaucoup.

Nous étions dans un parloir
proche de mon appartement, à
nous entretenir avec cette effu-
sion de coeur que l'on éprouve
d'ordinaire entre amis, après
une longue absence. J'entendis
marcher quelqu'un dans la pièce

voisine. Nous avions parlé de différentes choses : je craignis d'avoir été écoutée. Qui est-là ? Demandè-je. – C'est moi. – Qui ? –Mais moi, Ophèle ; toujours la triste Ophèle : quand tu me manques, tout me manque, et je m'afflige.

J'appris en peu de mots à mon frère, la funeste aventure d'Ophèle ; il parut vraiment prendre part à son déplorable sort.

Le parloir était sombre : Ophèle n'avait point apperçu celui avec qui je causais. Mais que devint-elle, lorsqu'elle eut attaché quelques instans ses yeux sur mon frère. Elle recule quatre pas, en avance six, recule encore, jette un cri de surprise, et articule assez distinctement ces mots : – C'est lui ! Ah c'est bien lui ! Le voilà !... Elle perd entièrement connaissance. Rien ne pouvait la rendre à la vie. Très-inquiete de voir mes secours inutiles, j'envoie chercher Laure, qui reste presque aussi frappée, étonnée qu'Ophèle. Il n'est pas possible, me dit-elle, de rencontrer une si parfaite ressemblance. Qui voit Monsieur, voit le vrai portrait du comte d'Éloncour. Mon frère consentit à s'éloigner un peu, afin que sa vue, trop funeste à mon amie, ne fût point ce qui la frappât d'abord, lorsqu'elle reviendrait de son évanouissement.

Après des craintes infinies, nous parvînmes à lui faire ouvrir les yeux. Quels regards elle promena autour de nous! Dans ce moment elle n'avait rien d'égaré. Sa physionomie était si calme! Pour la première fois je pus juger de toute la beauté de ses traits.

Ma bonne amie, me dit Ophèle, vous ne croiriez pas ce que je viens d'éprouver, ce que j'éprouve encore, ce qui se passe en moi. Je sors d'un sommeil pénible ; je ne me ressouviens

5.

de rien que de vous, de vos
bontés, de ma chère Laure : tout
le reste échappe à ma pensée, a
fui de ma mémoire. Je ne me
rappelle rien, sinon que j'ai res-
senti tantôt une très-grande joie ;
mais vous expliquer ce qui l'a
produite en moi, cela m'est im-
possible ; je l'ignore. Une seule
idée, mais bien confuse, qui me
plait et m'attache, m'occupé uniquement. Il me semble que je
touche presqu'au bonheur ; mais
je sens en même-temps qu'il me
manque quelque chose. Ne se-
rait-ce pas un plaisir qui peut-
être ferait ma félicité ? aidez-
moi, mes bonnes amies, à de-

venir heureuse ? donnez-moi, rendez-moi donc ce que mon coeur souhaite si ardemment, et ce que mon esprit trop faible ne peut ni distinguer, ni vous nommer.

Nous restâmes fort étonnées, Laure et moi, d'entendre parler Ophèle avec autant de suite. De ce moment nous jugeâmes toutes deux que mon frère, au lieu d'être à craindre pour mon amie, pouvait, au contraire, contribuer au rétablissement de sa guérison. J'appelai St. Albe qui se rapprocha de nous, encore tout ému d'une scène si extraordinaire.

Le voilà, s'écrie Ophèle ; le

voilà ce bonheur que je vous de-
mandais. Cher Comte... Oh! mes
bonnes amies, mon ame ne suffit
plus à mon enchantement ; il va
me faire mourir. S'approchant
alors de la grille, et tendant ses
belles mains à St. Albe ; d'E-
loncour, mon tendre ami, est-
ce bien toi? toi qui me fus, qui
m'es encore si cher ? Si c'est
une illusion, ah ! ne la fais jamais
cesser. Il serait trop cruel, après
avoir cru toucher au bonheur,
de le voir s'évanouir si rapide-
ment! mais au contraire, si ce
n'est point un songe ; si c'est bien
mon amant que je vois, que je
touche ; répête-moi mille fois que

tu m'aimes. O désiré d'Eloncour,
je suis toujours Ophèle. Toujours! ce mot me plait; il t'assure
que je n'ai jamais varié de sentimens pour toi.

St. Albe répondit aux caresses
d'Ophèle de la meilleure grace
du monde, et se prêta volontiers
à l'illusion qui la séduisait. Nous
eûmes mille peines à lui faire
quitter mon parloir : il fallut au-
paravant que mon frère lui réi-
téra, presqu'avec serment, qu'il
ne passerait plus un seul jour
sans revenir l'assurer de sa tendresse.

Pendant neuf jours consécu-
tifs, il se fit une révolution to-

tale dans les idées d'Ophèle ; révolution accompagnée de vio-
lentes douleurs et d'une fièvre
continue. Durant ce temps, les
médecins, dont l'espérance venait de renaître, s'occupèrent de
nouveau de sa parfaite guérison.
Les bains, quelques saignées,
la présence de mon frère, nos
soins, nos consolations enfin con-
tribuèrent à lui rendre son bon
sens.

Le souvenir de ce qui était
arrivé à Ophèle avant son entrée
au couvent, commençait à se
peindre à son esprit avec des couleurs plus distinctes, plus fortes ;
et bientôt ce ne fut plus que par

moments qu'elle eut encore quelques absences. La mort de son
mari, (bien sûrement elle ne la
désirait pas), hâta le retour de
sa raison. La joie de se trouver
libre, indépendante ; la tranquilité de la vie qu'elle menait
au couvent ; la part qu'elle prit
au bonheur de Laure ; bonheur
qu'elle assura pour toujours, en
la mariant à celui que cette fille
aimait depuis nombre d'années ;
son amitié pour moi, mon attachement pour elle ; notre confiance réciproque lui rendirent
sa santé, les graces de son esprit,
et ajoutèrent encore à celles de
sa figure si intéressante , malgré

l'air de mélancolie dont tous ses traits restèrent empreints tant qu'elle a vécu.

A l'égard de mon frère, Ophèle dans le cours de sa guérison, se désabusa presque d'elle - même. Cent fois depuis elle nous répéta que séduite par son imagination et trompée par ses yeux, elle ne l'avait jamais été par son coeur; que St. Albe lui avait apporté la joie qu'éprouve une maîtresse à considérer l'image de celui qu'elle adore ; mais non, ce transport involontaire, voluptueux, enivrant d'une ame brûlante qui a besoin de se réunir à l'ame de l'amant qui sut la captiver.

HISTOIRE

DE

GIROUETTE PREMIER,

DIT

LE DUPE.

HISTOIRE

DE

GIROUETTE PREMIER,

DIT LE DUPE.

SOUVERAIN D'UN GRAND ROYAUME

DANS LA LUNE.

CONTE, sinon gai, du moins composé pour amuser les enfants : eh! combien de grandes personnes sont enfants !

Les chimères, le rien ; tout est bon.
LAFONT. Fab. Ière. du liv. 10.

JE plains les rois, et ceux qu'à leur cour on nomme grands ; les

ministres, les favoris et les fa-
vorites des princes ; parce que
dès-lors qu'ils sont arrivés aux
places, objets de leurs désirs, la
vérité s'éloigne d'eux pour jamais. Voilà pourquoi dans un
rang élevé, il faut, pour se maintenir irréprochable, un mérite
et une vertu presque surnaturels.
L'homme adulé sans cesse, finit
presque toujours par se mécon-
naître. On lui répète qu'il est le
phénix de son siècle, et bientôt
il se croit un dieu. La modestie
la plus long-temps exercée doit
encore craindre les discours des
flatteurs.

Dans un grand Royaume,

sous la puissance de la fée MEN-
SONGE, régnait depuis un demi
siècle le bon roi GIROUETTE,
père de beaucoup d'enfants ; aucun n'avait poussé loin sa carrière.
Il venait de perdre sa femme, et
se voyait avec douleur sans héritiers. Après dix ans de veuvage,
un jour que, plus triste que de
coutume, il avait assemblé son
conseil pour savoir ce qu'il devait faire, on arrêta, à la plu-
ralité des voix, que le roi se re-
marierait. GIROUETTE allégua
son âge ; mais on lui répéta tant
de fois qu'il se portait à merveille, que bien des jeunes gens,
dont on vantait les prouesses,

6.

ne le valaient pas, qu'enfin il se
détermina à un second engage-
ment.

La Fée MENSONGE se char-
gea de lui trouver une femme.
Elle fit choix de RUSE, princesse qu'elle protégeait beaucoup. RUSE plut, et fut aussi-
tôt agréée. Elle n'était pas belle;
mais elle le paraissait. Son teint
de lys et de roses, graces à la
céruse et au carmin, lui prêtait
le charme inexprimable de la
pudeur ingénue. On avait payé
pour elle à quelques jeunes bergères sa longue chevelure, et
ses dents d'un blanc d'yvoire à
un robuste manant. Ainsi mé-

tamorphosée sous les mains savantes de l'art industrieux, RUSE
cachait avec beaucoup d'adresse
mille défauts, qu'à son grand regret, elle tenait de sa naissance.
Je n'ai rien dit de sa parure.
On imagine aisément que nulle
femme dans tout l'empire ne s'ha-
billait avec autant de recherches,
de luxe, et surtout d'élégance :
et par ce mot élégance, il faut
entendre le goût le plus exquis.

GIROUETTE dans l'enchantement, n'existait que pour sa nouvelle épouse, à ses yeux la plus
belle femme de son royaume.
Sa débile vieillesse s'épuisait en
transports amoureux ; il s'épui-

sait en vain : l'état manquait toujours d'héritiers. Le roi tombe
bientôt dans le plus profond chagrin. On alla consulter la fée
MENSONGE : elle annonça que
la Reine, avant la fin de l'année,
deviendrait grosse d'une fille
qu'on nommerait CRÉDULE; que
cette fille serait toujours soumise
à RUSE, sa mère, et ferait son
bonheur, si, toutes fois, jusqu'à
l'âge de seize ans, on parvenait
à ne lui laisser lire aucuns livres
de morale. Elle pourra, ajouta
la Fée, s'amuser de tous nos ro-
mans modernes, et orner sa mémoire de tous les petits vers des
journaux. Qu'elle reste toujours

sotte et ignorante ; car si jamais CRÉDULE écoute ma soeur, elle se révoltera contre RUSE, fuira de son royaume, et n'y rentrera que pour jetter tout le monde dans l'étonnement. Néanmoins calmez vos craintes. Par mon pouvoir je vous préserverai de tout évènement facheux. MEN-SONGE cependant lisait l'assu-surance du contraire dans le livre des destins ; mais elle était si fort accoutumée à déguiser le vrai, qu'elle aima mieux mentir, que de sauver sa protégée d'un malheur qu'elle aurait pu pré-venir, en conseillant à la Reine de ne point faire d'enfants.

Il faut, Madame, ajouta la
Fée MENSONGE, monter pen-
dant neuf jours, la coline gardée
par le génie DÉSIR, et qui conduit au temple de la CONCEP-
TION. Vous aurez le soin de vous
y trouver sans votre époux. On
n'a pas besoin là de sa présence.
Quand tout sera consommé, à la
bonne heure, nous aurons re-
cours à lui.

La Reine obéit à la Fée, et tout
fut exécuté, ainsi qu'elle avait
ordonné. GIROUETTE devint
père, et le devint sans beaucoup de peine : la Fée le protégeait; elle l'aida de toute sa puissance.

Cette intéressante nouvelle annoncée jusqu'aux extrémités du royaume, à son de trompe, on manda toutes les Fées. Toutes se rendirent, jalouses, chacune en particulier, d'être marraine de la petite princesse. Comme dans le nombre de ces Fées on en comptait autant de mauvaises que de bienfaisantes, les méchantes opposèrent pouvoir à pouvoir, les dons funestes aux dons avantageux. Ainsi CRÉDULE, comme le commun des hommes, fut un composé de bien et de mal, de vices et de vertus.

La Fée VÉRITÉ, sœur de la Fée MENSONGE, mais tout-à-fait opposée de caractère, s'était aussi trouvée à la cérémonie des couches. Elle eût bien voulu s'emparer de CRÉDULE : MENSONGE ne lui en laissa pas les moyens, l'ayant toujours bercée et tenue sur ses genoux. VÉRITÉ se contenta, pour lors, de souffler sur les yeux et les oreilles de l'enfant nouveau né. MENSONGE et la Reine s'en apperçurent, et craignirent qu'un jour la petite ne fût sourde à leurs leçons.

VÉRITÉ ne séjourna que trois fois vingt-quatre heures à la cour. Ce n'était que pour la seconde fois de sa vie qu'on l'y avait

avait vue : aussi l'y traita-t-on
en véritable étrangère. On ne
pouvait supporter son langage ;
on n'était nullement accou-
tumé à ses accens. On trouvait
sa voix aigre, dure, repoussante ; en un mot, le contraire
en tout de celle de sa soeur.
GIROUETTE, par bienséance,
n'osa lui rompre en visière,
comme tous les courtisans, qui
se permirent les plus sots et les
plus ridicules calambours. Quelquefois même le Roi écouta parler la Fée, avec une sorte d'attention marquée par le plaisir.
Naturellement il avait le coeur
bon. Par politesse, ou par telle

autre raison que j'ignore, il crut,
contre l'avis des chefs de sa na-
tion, devoir accompagner Vérité dans ses États. Elle était
souveraine d'un très petit empire, mais le plus beau de tous.
Le Roi, à qui cette Fée fit connaître son fils, que l'on nommait
le Génie Désabusement, et a-
vec lequel il eut plusieurs conver-
sations, ne comprenait pas comment il était resté si long-temps
dupe de tout ce qu'il avait vu et
entendu. Quoi, disait Girouette, je n'étais donc pas aimé de
mes sujets? Non, répondait le
Génie; c'était votre rang qu'on
aimait en vous. — Cependant je

cherchais à les rendre heureux.—
Oui, mais ils ne l'étaient pas. Ceux
qui vous entouraient, couverts
des livrées de la prospérité, a-
vaient grand soin de détourner
vos yeux du spectacle désolant
de la misère revêtue de haillons;
et les plaintes lamentables du
pauvre ne parvenaient point jusqu'à vous, étouffées par les fan-
fares de la joie. — Vous êtes dans
l'erreur, Génie; car je ne sortais
pas, que je n'apperçusse sur mes
traces un peuple nombreux que
la gaîté rapprochait de moi, et
qui me comblait de bénédictions.
— L'oisiveté amenait les uns, la
curiosité conduisait les autres :

on veut savoir si un souverain
ressemble aux autres hommes!
On paie ceux-là : ils ont des voix
fortes, des voix de Stentor, et
font retentir l'air de cris démentis
dans leur coeur. — Mes ministres
bienfaisans.... — Oui, pour eux
et leurs dévoués. — Mes amis....
— Combien de Rois ont des amis?
On en nomme un, un seul : aussi
se vante-t-il justement d'avoir
placé ma mère sur son trône ?
En est-il deux dans les quatre
parties du monde, qui l'appellent
à leurs conseils ? Connaissez-
vous deux princes qui l'aiment,
qui l'écoutent, et qui sachent
l'estimer? — Ainsi donc mon scep-

tre a toujours pesé sur mes sujets?
reprit GIROUETTE, en élevant
vers le ciel ses mains tremblantes.
Comment! si long-temps dupe!
Et que doit faire un Roi pour
ne l'être pas, ou pour l'être
moins? Il faut, continua le Génie, se modeler sur NADIR *,
un de vos voisins. NADIR regna
presqu'au sortir de l'enfance:
son extrême jeunesse ne l'empê-
cha pourtant pas de discerner
entre ceux qui l'approchaient,
les bas et vils adulateurs. Dès
l'instant que NADIR prit les

---

* Il y a toute apparence que ce NADIR est
un être imaginaire; un vrai roi de conte
de Fée.

rênes de son royaume, il désira
gouverner sagement, et la sagesse vint s'asseoir avec lui sur
son trône. Il ne s'en rapporta
pas à lui-même. De peur de se
méprendre, il rappela à sa cour
un prudent vieillard exilé par le
Roi, son prédécesseur. Il ne
crut pas au-dessous de lui de
prendre ses conseils et de les
suivre, le connoissant ami des
hommes et de l'auguste Fée qui
m'a mis au jour; il en fit aussi son
ami, et voulut qu'il fût le plus
ferme appui de sa couronne.
Avant que je meure, je veux,
s'écria GIROUETTE, je veux voir
NADIR. Le soleil, je le sais, est,

pour moi, prêt à achever son cours ; mais il n'est jamais trop tard pour apprendre à régner, et sur-tout, pour réparer, en quelque sorte, le malheur de plusieurs millions d'individus. Génie, menez-moi à la cour de NADIR, qui, si jeune encore, a, dites-vous, lorsqu'il pense et qu'il agit, la force et le courage de l'aigle, la douceur des colombes, et la prudence des serpens. Que je le voie avant que mes yeux se ferment à la lumière.

Le Génie conduisit GIROUETTE en France * : il n'y fit pas

* C'était donc long-temps avant que ce beau royaume fût gouverné par un des

un long séjour ; il mourut bientôt
du regret de ses innombrables
fautes ; car il calculait tout le
mal dont il était l'auteur. Il avait
assez de bon sens pour sentir
qu'il répondait de toutes les in-
justices des hommes qui, abusant
de son nom, s'en étaient servi
pour accabler le faible, et faire
triompher le coupable audacieux.
Se sentant près de sa fin, et
craignant que sa chère CRÉ-
DULE ne donnât, de même que
lui, dans l'erreur, il la recom-
manda au Génie. DÉSABUSE-
MENT lui promit de veiller sur

monarques des trois races royales qui se
sont assis sur le trône des Français.

elle avec la tendresse d'un père.
GIROUETTE alors, par des témoignages vrais de réconais-
sannce, fit connaître tout le re-
pentir dont il était pénétré. Ses
expressions furent touchantes.

On a remarqué que malheu-
reusement les princes ne se re-
pentent jamais qu'en mourant;
et que cet acte trop tardif est
toujours perdu, et pour l'héri-
tier de la maison royale, et pour
le peuple opprimé, qu'on op-
prime toujours par habitude. GI-
ROUETTE serra tendrement le
Génie sur son sein, et expira,
désabusé tout-à-fait sur les vertus et les talens de ceux auxquels

il accordait sa confiance, avec qui il partageait le fardeau de la royauté : et au moment fatal, il vit plus clair sur ses devoirs, sur les grands intérêts des Rois, que dans tout le cours de sa longue vie.

RUSE apprit sans chagrin la mort de son mari ; mais elle en feignit beaucoup, et ne parut consolée, que lorsque les bien-séances d'usage le lui permirent : tout se passa dans l'ordre.

Maîtresse de donner des lois à sa fantaisie, elle changea tout le gouvernement. Il est assez ordinaire que celui qui monte sur le trône, détruise, à peu-près, tout ce qu'a fait celui auquel il succède. GIROUETTE avait été dupe de tout le monde ; RUSÉ prétendit bien ne l'être de personne, et se promit d'en faire beaucoup. GIROUETTE, il est vrai, avait encore accru le malheur de ses peuples, mais non par principes, non de gaîté de cœur : sa mauvaise éducation et son ignorance causèrent seules tous les désastres de l'État. RUSÉ, en se chargeant de tout faire par elle-même, mit le comble à l'infortune de ses sujets : tout alla de mal en pire.

Cependant la petite princesse grandissait ; je ne dirai point

qu'elle acquérait chaque jour des
connaissances et des talens ; elle
recevait l'éducation la plus né-
gligée ; ne savait rien absolu-
ment : et, si dans le temps, la
mode n'eût pas inventé une mé-
thode nouvelle pour apprendre
à lire, CRÉDULE n'aurait su de
sa vie, ni lire, ni écrire, ni la
musique. On ne se doutait même
pas que ces élémens pussent un
jour lui être de quelqu'utilité ;
car sûrement on ne les lui aurait
pas enseignés. Par le moyen du
bureau typographique, la princesse, en moins de six ans, lut un
peu couramment la petite feuille
du Jour, qu'on appellait ainsi,

parce que

parce que son existence se bor-
nait à un jour.

CRÉDULE parvenue à ce haut
degré de savoir, on en informa
l'univers par des gazettes. On
la regarda dans tout le royaume
comme une femme savante, ad-
mirable : elle fut admirée. Les
hommes de toutes les académies *
la consultaient : c'était un pro-
dige que CRÉDULE. La Reine se

* Les académies salariées par les rois sont
donc une plaie bien ancienne ? Je crois
d'après les plus savantes recherches, pui-
sées dans l'histoire de toutes les académies,
que les académiciens à gages, à jetons,
sont, par état, de toute nécessité, les bas
flatteurs de ceux qui les paient. Et peut-on
savoir mauvais gré à un valet de faire son
devoir ?

8

ressouvint alors, mais trop tard,
de la prédiction de sa bonne amie
la Fée MENSONGE. Elle frémit
du danger où elle s'était exposée
volontairement. A cette époque
elle fit brûler tous les livres de
son royaume, les journaux même
et jusqu'aux rapsodies de l'abbé
YOUOR, dans la crainte qu'il
ne s'y trouvât, par hasard, une
phrase bien pensée et bien écrite.
CRÉDULE ne s'en plaignit point:
elle croyait ne plus avoir besoin d'instructions. On lui disait
qu'elle savait tout, et CRÉDULE
persuadée, répétait : JE N'I-
GNORE PLUS DE RIEN.

On vient de voir que le Génie

DÉSABUSEMENT s'était engagé avec le feu roi, père de la jeune princesse, à veiller sur sa fille, quand il en serait temps. Il tint parole. CRÉDULE entrait dans l'âge d'être désabusée, ou de ne l'être jamais. Jusqu'alors soumise à MENSONGE, elle ne connaissait rien par elle-même, ne voyait que par les yeux des autres, et chacun se faisait une étude de la tromper.

Le Génie choisit pour se rendre à la cour de RUSE, l'instant où la Fée MENSONGE s'en était absentée pour raisons secrètes, et qui ne sont point parvenues jusqu'à nous. Il se donna pour un

prince étranger, voyageant afin
de s'instruire. RUSE voulut paraître magnifique aux yeux de
l'illustre voyageur. Elle fit pré-
parer des tournois, des spectacles
de toutes espèces. A la faveur de
ces divers amusements, le Génie
eut plus d'une occasion d'entretenir l'aimable CRÉDULE. Elle
lui plut, et le prince le lui apprit
d'une manière si vraie, que la
jeune innocente ajouta encore
plus de foi à cette assurance, qu'à
tous les propos flatteurs qui, jusqu'alors lui avaient été tenus.
DÉSABUSEMENT trouva tant de
charmes dans l'entretien de la
jeune princesse, qu'il gémit d'a-

voir été forcé de la laisser si long-
temps dans l'erreur.

Un jour que CRÉDULE était
dans un de ses jardins, assise au
bord d'une fontaine et qu'elle
prétait la plus grande attention
à des éloges mensongers que lui
débitait, sans nulle pudeur, une
de ses dames du palais, une voix
lui cria : NE LA CROYEZ POINT;
ELLE VOUS TROMPE. Aussi-tôt
CRÉDULE se retourna pour voir
qui lui parlait ; mais n'appercevant personne, la frayeur la
saisit, et sa fausse amie, encore
plus craintive, se mit à fuir.
C'était le Génie qui s'était fait
entendre. Aussi-tôt qu'il vit s'é-

loigner la perfide adulatrice, il se
rendit visible , et s'empressa de
secourir la princesse. CRÉDULE
revint bientôt à elle, et se trou-
vant seule avec l'aimable voyageur, elle lui dit : Ah ! prince,
rassurez-moi ; je suis plus qu'à
demi - morte. J'ai entendu....-
Ne craignez rien, belle CRÉ-
DULE : c'est moi qui vous ai
parlé. Est-il possible que MEN-
SONGE vous plaise à ce point,
et que vous soyez tellement faite
à l'entendre, qu'un seul mot de
vérité ait manqué de vous ôter
la vie? tâchez-donc de vous ac-
coutumer à moi , si, comme vous
avez eu la bonté de me le laisser

entrevoir, je ne vous suis pas tout-à-fait désagréable. – Prince, je vous le répête encore ; je vous écoute avec un charme inexprimable ; mais je ne comprends pas bien ce qui dans vos discours révolte mon esprit. C'est un je ne sais quoi que je sens, que je ne saurais définir. – C'est votre amour-propre. Il s'offence d'entendre la vérité. Tenez, ajouta le Génie, en lui présentant un ouvrage moral intitulé : TÉLÉMAQUE ; prenez, lisez, et voyez à quel point les personnes de votre rang sont exposées, si, comme TÉLÉMAQUE, elles n'ont auprès d'elles pour les tirer d'er-

reur, un ami sage et vrai qui
leur montre au grand jour tous
leurs défauts. Lisez, et d'après
votre lecture, (deux jours suffi-
ront pour cela)vous me direz si
vous voulez de moi pour votre
mentor. La princesse rougit beaucoup : le génie s'en apperçut ; il
n'en fit pas semblant. Il aima
mieux s'éloigner, que de l'humilier d'avantage par sa présence. La princesse, en un moment, venait d'être presque désabusée sur sa prétendue érudi-
tion : elle entrevit qu'elle savait
fort peu de chose.

CRÉDULE remonta fort triste
dans son palais, où elle demeura

seule et renfermée tout le reste
du jour. Elle s'appliqua à lire
quelques feuilles de TÉLÉMA-
QUE, n'y comprit presque rien ;
mais au moins retira-t-elle de
cette lecture un avantage réel ;
elle réfléchit, et ses réflexions
l'amenèrent à désirer de s'instruire.

CRÉDULE continuait de re-
cevoir le Génie, mais chacune de
ses visites augmentait le trouble,
la rougeur et l'embarras de la
princesse. Elle commençait à se
connaître, et se trouvait si remplie d'imperfections, que, très-
mécontente d'elle-même, l'espoir
de plaire s'évanouissait en elle

de jour en jour. Dans des instants
elle regrettait presque que le Génie l'eut désabusée à ce point.
D'autres fois, plus éclairée sur
ses vrais intérêts, et s'occupant
beaucoup du Génie, elle détes-
tait véritablement MENSONGE,
et même RUSE, sa mère. DÉ-
SABUSEMENT la voyant dans
cette perplexité, acheva de la
fixer; et pour y parvenir, il or-
donna une fête qui se termina
par un bal masqué. Il y invita
toute la cour de CRÉDULE, et
les dames et seigneurs des em-
pires voisins. VÉRITÉ s'y rendit
incognito; mais tout-à-coup
ayant quitté son masque, on

peut juger de la surprise extrême
de toute l'assemblée. CRÉDULE,
encore moins qu'une autre, ne
s'attendait guère à la rencontrer
là. DÉSABUSEMENT ne la quitta
pas d'une minute; car il voulait
s'assurer de l'impression que lui
causerait tout ce qu'elle s'enten-
drait dire. Le Génie et CRÉDULE
se placèrent dans une loge au ni-
veau du parterre. Ils furent bientôt attaqués par une foule de
masques de tous genres qui, cer-
tains de ne point être recon-
nus de la princesse, (elle n'avait
point encore l'usage du bal) lui
dirent des vérités bien extraor-
dinaires. Elle fut abordée par

un astrologue, lequel lui prédit la vieillesse la plus triste. Et rien de plus juste, ajouta-t-il, car vous n'avez point fait de provisions pour l'âge avancé. Eh! qui peut, demanda la princesse, me faire une pareille prédiction? je passe pour être si savante! — Ce prophète, c'est MIELLARD le poëte, votre éternel panégyriste, auquel vous donnez une pension pour le récompenser de ses fades et insipides vers. CRÉDULE allait se plaindre de tant d'ingratitude, quand elle apperçut un autre domino. Bonsoir, Reine des coquettes! Ainsi l'apostropha sans nul ménagement le nouveau venu.

venu. Dis-moi donc : te crois-tu
toujours jolie , douée de mille
graces et de plus de talents encore ? Désabuse-toi. Et puisque
sous le masque on peut tout dire,
apprends que tu n'eus jamais rien
des charmes que je te prête en
public si gratuitement. Oh! pour
le coup , je reconnais celui-là,
reprit CRÉDULE avec la vivacité du dépit! oui ; je gagerais
que c'est le prince DÉLIRE , de
qui j'ai rendu la passion si malheureuse. Eh! bien , je lui passe
de me haïr. – Vous vous trom-
pez encore : Vous venez d'entendre le prince COMPLAISANT,
un de vos esclaves , en appa-

9

rence le plus soumis. Est-il possible? répéta CRÉDULE étonnée.
Le prince COMPLAISANT! lui
qui me jure à tous les quarts-
d'heure du jour qu'il n'aime rien
tant que moi, et que le bonheur
de sa vie dépend de mon amour!
il est bien faux! A celui-ci suc-
céda une chauve-souris des plus
malignes. S'approchant de CRÉ-
DULE, elle lui tint d'abord tous
les propos qu'on débite d'ordinaire au bal. Je te reconnais,
beau masque. —Tu crois? —Bien
certainement. N'es-tu pas cette
princesse connue par toute la
terre pour ses ridicules préten-
tions? plus célèbre par son faste

que par sa générosité , par sa fierté que par la noblesse de ses sentiments ? d'une crédulité d'enfant ? d'une insouciance imbécile ? capricieuse sans motif ? défiante sans raison ? d'un esprit simple et non timide ? coquette sans beauté ? recherchée dans sa parure sans graces ? vertueuse , mais sans principes , et facile sans tendresse ? tu vois que je te reconnais , beau masque , mais adieu ; je me retire, de peur qu'à ton tour tu ne me devines aussi. Pour ce masque, dit la princesse d'un air chagrin et toute honteuse, je ne la reconnais pas. Personne dans cette cour n'a

le droit, que je sache, de me
juger si rigoureusement. Une
étrangère seule a pu se permettre
de m'outrager à ce point. - Une
étrangère! celle qui, honorée
de votre amitié, s'affiche dans
le monde pour la meilleure de
vos amies! - Je ne le saurais
croire. - Cette femme pourtant
ne cesse de vous répéter qu'elle
vous aime : vous seule l'aimez,
et votre cœur est dupe. - Dupe!-
Oui. Je sens qu'il est pénible
d'être si cruellement désabusé.
Préféreriez - vous qu'on vous
trompât toujours? - Nommez-
moi la cruelle, l'ingrate amie,
aussi fausse que ma tendresse est

vraie ; nommez-la moi ; que je
la punisse de tant de perfidies. —
Vous auriez tort. Pourquoi faire
sur elle éclater votre vengeance,
dans le seul instant qu'elle vous
donne un témoignage de sa sincérité? la leçon est forte, sans
doute ; mais elle en peut être
d'autant plus utile. Et déjà je
me persuade que vous vous ren-
dez justice. Vous voyez maintenant que vous n'êtes pas, plus que
les autres, exempte de quelques
légers défauts. Le pinçeau de
votre chauve-souris vous a peu
ménagée ; elle vous a peint sous
des couleurs un peu dures. Voilà
l'effet de l'optique : il faut gros-

9.

sir les objets, pour qu'ils ne paraissent à l'oeil que ce qu'ils sont effectivement. — J'imaginais, il faut que j'en convienne, n'avoir que des amis. Quelle était mon erreur! — L'amitié peut-elle habiter un séjour où l'on accueille la flatterie, de préférence à la sincérité? C'est en repoussant l'adulation, en attirant la franchise qu'on peut espérer de voir la vertu dans les palais des rois. — Prince, vous me consolez, en m'indiquant des moyens sûrs d'être aimée; car j'attache un doux plaisir à ce qu'on m'aime. Que je sache le nom de mon ingrate amie. Je me sens assez de

courage pour lui pardonner ;
même pour lui témoigner ma reconnaissance d'avoir ouvert mes
yeux sur mes imperfections. Je
crois pouvoir me flatter que de
ce moment même j'ai un défaut
de moins ; celui de l'excessif
amour-propre. Je sens bien qu'il
ne m'est pas possible d'en avoir.
Quant à ma sotte crédulité ,
grace à la scène qui vient de se
passer , m'en voilà , je pense ,
corrigée. – Eh ! bien , ADU-
LETTE est celle qui vous a parlé ;
cette même ADULETTE qui se
plaisait à vous tromper le jour
que vous eûtes tant d'effroi dans
vos jardins. – Quoi ! ce serait... –

N'en doutez pas. La voici : je vais faire tomber son masque, afin que vous puissiez juger vous - même que je ne vous en impose pas.

Effectivement le Génie parlait encore qu'elle revint de nouveau à la loge de CRÉDULE. Dans ce moment, un scara- mouche, pour ne pas tomber, voulut s'en faire un appui, mais, trop vivement entraîné par un reflux, il perdit l'équilibre, et détacha dans sa chute le ruban qui nouait le masque de la chau- ve-souris, et découvrit ADU- LETTE. Un coup de foudre ne l'eût pas plus effrayée. Elle jette un cri de désespoir ; et la honte

peinte sur le visage, et la rage
dans le coeur, sans connaissance,
on l'emporta hors de la sale.

C'en est fait, dit CRÉDULE,
en se retournant du côté du Génie : pour toujours me voilà désabusée ; je renonce aux amis
courtisans, vils flateurs de mes
défauts. Je renonce à ma mère :
ma mère m'a perdue ; et je vais
fuir dans un désert, pour ne plus
être trompée. – Non : ce parti
n'est pas sage. Jamais d'excès en
rien. Il suffit que vous quittiez
cette cour où tous les vices, ap-
plaudis et triomphans, finiraient
par vous corrompre, comme tous
les êtres méprisables dont vous

êtes entourrée. Venez avec moi
dans les états de VÉRITÉ. Venez
règner auprès d'elle. Ma mère
vous aima dès l'instant de votre
naissance ; et moi, chère CRÉ-
DULE, je vous adorai du jour où
je vous vis pour la première fois.
Daignez, en agréant l'offre de
mon coeur, accepter aussi mon
trône, et fuyons. Après un long
combat de la pudeur timide et
de la raison persuasive (l'a-
mour la rendait éloquente), je
ne balance plus à vous suivre,
dit CRÉDULE ; je quitte ces lieux
sans regret. Je vous accepte pour
époux ; et tout mon bonheur dé-
sormais sera de vivre loin, bien

loin de ce climat, éclairée par
vos avis, et enchantée de vos
vertus. En quittant mon royaume, je déclare la guerre à ma
patrie, non pas une guerre où
l'on verse le sang des humains,
mais celle qui doit être éternellement entre l'erreur et la vérité.

Soudain, et par le pouvoir du
Génie, CRÉDULE enveloppée
d'un nuage, se déroba à l'assemblée, bien surprise de ne la plus
voir. Le nuage perdu dans les
airs, la princesse se trouva entre
le génie et sa mère. DÉSABUSE-
MENT n'avait jamais éprouvé
d'émotion si douce. Tout ce

qu'appercevait CRÉDULE, ainsi
portée dans la région du ton-
nerre, la jettait dans l'étonnement, l'admiration. L'immen-
sité de l'univers, sa merveilleuse
beauté, enchantaient tous ses
sens! Que la nature et son vaste
silence parlaient puissamment à
son coeur! Dans son juste en-
thousiasme, elle rendit grace au
Génie qui la faisait jouir des
plaisirs célestes. Quelle fut sa
surprise encore, en découvrant
le palais de VÉRITÉ! Sa vue en
pouvait à peine soutenir l'éclat.
Le soleil donnait à plomb sur les
toits couverts de lames d'or pur.
Les murs de pierres précieuses
éblouissaient

éblouissaient et fatiguaient les regards de ceux qui n'étaient point accoutumés à ce brillant séjour. Dans l'intérieur des miroirs taillés en facettes, avec autant d'art que de goût, vous représentaient sous tous les jours possibles. Là, chacun se voyait sans prestiges. Avait-on des défauts unis à des vertus? on restait des journées entières devant les glaces pour faire disparaître les légères taches qui empêchaient d'être parfait. Ailleurs on rencontrait ceux qui tout près de ressembler à la divinité, ne s'enregardaient pas moins encore, mais sans orgueil, pour se maintenir inébranlables dans le bien.

Tant qu'avait duré le voyage, les deux jeunes amants s'étaient prodigué les plus tendres caresses: VÉRITÉ y mêla les siennes ; et l'on ne doute point qu'elles ne furent sincères de part et d'autre.

Arrivée dans son nouvel empire, CRÉDULE, (elle ne l'était plus qu'à la vérité et aux conseils de DÉSABUSEMENT), ne tarda pas à lui donner sa main. Elle y joignit un don encore plus cher; je veux dire l'amour le plus tendre. Les sujets du Génie approuvèrent son choix. DÉSABUSEMENT et CRÉDULE vécurent heureux et contents.

On dit qu'ils eurent peu de postérité, et même on ne sait pas bien s'il reste encore quelques rejetons de cette intéressante famille. Mais ce qui est de notoriété, c'est que le royaume de MENSONGE s'est fort étendu, très-peuplé, et qu'il n'est point d'habitants plus voyageurs dans tous les pays du monde que les ennemis de la vérité.

Lu et APPROUVÉ, ce 14 Janvier, 1787.

GAIGNE,
Censeur-Royal.

L'EMPIRE

DE

VÉNUS,

RÉTABLI

PAR L'ESPÉRANCE.

10.

L'EMPIRE

DE

VÉNUS,

RÉTABLI

PAR L'ESPÉRANCE;

FRAGMENT D'ANTIQUES.

Voyez la Biblioth. de Fabricius.

La Liberté n'est pas incompatible
avec des moeurs douces et polies.
Cor. Tacite.

VÉNUS, comme on sait, pré-
féra, de tous temps, Gnide à
Paphos, Amathonte, Idalie,
Cythère et Chypre. Les amants

des contrées lointaines n'y venaient plus en pélerinage, offrir
leur encens. On n'y voyait plus
les Graces folâtrer avec les Jeux,
les Plaisirs et les Ris. On eût dit
que le temple si fameux de Gnide,
était devenu le séjour consacré
au deuil et à la tristesse. Les
parfums ne brûlaient plus sur
les autels de la déesse, et les
flambeaux de l'Amour semblaient
éteints pour jamais.

Cythérée nonchalamment as-
soupie sur un lit de repos, y
paraissait dans l'oubli d'elle-
même. Sa ceinture, jettée au
loin, prouvait clairement que
Cypris, n'ayant plus l'intention

de plaire, renonçait à ces attraits empruntés de l'art, qui prêtent de nouvelles graces à la beauté, et assurent ses conquêtes et ses triomphes. Tout était négligé, dans ce lieu, jadis si fréquenté, si beau.

L'Amour et les Génies qui accompagnent toujours ses traces, dormaient profondément aux pieds de leur souveraine. Le bandeau, l'arc, et les flêches de l'un ; les pinceaux, les ciseaux, les couleurs, les palettes des autres ; les guirlandes desséchées, les bouquets de fleurs décolorées et flétries ; tout se trouvait pêle-mêle : ce qui produisait un dé-

sordre qu'on n'avait jamais vu à
Gnide, dans le palais de Vénus.
Nulle part, rien de riant ni d'aimable ; au contraire : au lieu de
nymphes vives et folâtres, on appercevait la défiance, la crainte,
l'inquiétude. Les Ris versaient
des pleurs, regrettant la gaîté
qui les avait fuis, et là, les heures
marchaient si lentement, qu'il
était facile de voir que le Plaisir
léger ne les entraînait pas avec
lui dans sa course rapide.

Enfin tout était morne et sombre, où naguères la nature se
montrait si belle, si fraîche, et
avec tout l'éclat et les charmes
enchanteurs du printems, paré

de tous les dons de Zéphire et de Flore.

Plus j'avançais, et plus je restais dans l'étonnement de tout ce qui frappait ma vue ! Eh ! qui pourrait se peindre ce que j'éprouvai, quand, abimé dans les réflexions qui m'occupaient, mon oreille fut tout-à-coup frappée par les sons d'une voix discordante qui, s'adressant à moi, me dit : REGARDE, ET CONNAIS QU'ELLE EST AUJOURD'HUI LA VÉRITABLE DÉESSE QUI RÈGNE ICI. Je lève les yeux, et je les porte vers un piédestal, sur lequel jadis j'avais vu la statue de Praxitèle représentant, à s'y

méprendre, la mère des amours.
Mais,dieux! que vois-je à sa place?
Au lieu de Vénus, j'apperçois
une femme qui semble me lancer
un coup-d'oeil dur et farouche
et me menacer. A sa pâleur li-
vide, à ses yeux égarés et en-
foncés, à sa figure hideuse, sil-
lonnée de rides, on aurait pu
la prendre pour l'Envie : dans
l'une de ses mains elle tenait un
poignard; de l'autre, une verge
de fer entortillée de serpens.

Où suis-je ? m'écriai-je, déjà
rempli d'effroi. La TERREUR se
glisse dans toutes mes veines...!—
Tu m'as nommée : oui, je suis
la TERREUR. Partout où l'on me
trouve

trouve, l'amour, l'amitié, la confiance, le courage, la sagesse
n'ont plus de pouvoir. Toutes
les vertus sont dans la crainte,
dans la stupeur ; elles n'osent se
montrer.

Immobile d'épouvante, j'ap-
préhende de faire un pas pour
m'éloigner de ce lieu funeste.
Déjà un voile épais couvrait ma
vue, et je sentais mes forces
prêtes à m'abandonner. Je respirais à peine, lorsqu'un nouveau bruit me tire fort à propos
de mon état pénible. Je retourne
la tête, et mes yeux se fixent
sur la porte d'entrée. Elle s'en-
trouvre.... O ciel! non ; je n'ou-

blierai jamais la déité qui m'ap-
parut!... Une jeune beauté aux
regards doux et tendres, mais
timides ; une jeune beauté com-
blée de toutes les faveurs de
Vénus! Sa robe d'une blancheur
extrême, annonçait la candeur
de son ame. Je ne détaillerai point
ses agrémens : je dirai qu'elle
avait tous les charmes qu'on sup-
pose à sa maîtresse. Ravi, dans
le délire, et plus heureux, grace
à mon imagination, qu'aucun
des immortels, déjà cet aimable
objet captive toute mon ame.
Sans balancer, je m'élance vers
lui : quelle surprise inattendue!
il ne me fuit point : Je l'approche;

il sourit, et je reconnais,.. l'Espérance.

Espérance, fille du ciel,
ô toi qui, dans tous les temps,
fais, ou prépares la félicité des
hommes ; viens loger dans mon
coeur, pour le consoler de tout
ce qu'il a perdu : viens. L'heureux à qui tu souris, l'est davantage. Le malheureux, que tu
n'abandonnes pas, croit encore
au bonheur ; et tu lui donnes la
force de supporter les maux qui
l'accablent.

Toutes fois un souvenir triste
se mêla à ma jouissance ; et cu-
rieux de savoir ce qu'était devenue la farouche déesse, je la

cherche, plein d'inquiétude.
Déjà elle était loin, et, comme
une vapeur, se perdait dans
l'ombre. Je marque de l'étonnement, et l'ESPÉRANCE me dit,
en passant le seuil de la porte,
qu'elle n'avait pas encore osé
franchir : Pourquoi montres-tu
cette surprise ? tu n'as donc pas
fait attention que le monstre
vient d'être chassé d'ici par la
justice ? Il n'y rentrera plus. Et
ce lieu, naguères le plus enchanteur du monde, reprendra bientôt sa première magnificence.
Suis-moi, regarde, et m'écoute.

Rendu à la confiance, plein
d'un religieux sentiment, j'obéis

en silence à ma divine conduc-
trice.

Nous marchions, et l'air s'em-
baumait autour de nous. Si ses
pieds délicats se posaient sur les
fleurs, à peine se courbaient-
elles : on eût cru qu'elles en re-
cevaient une nouvelle vie, et
moi je renaissais de même. Un
feu nouveau me pénétrait, et
je sentais doubler mon existence.

J'observe encore qu'à mesure
que l'ESPÉRANCE avançait, le
temple reprenait un autre aspect.
Tout s'éclairait ; le jour devenait plus brillant ; et les groupes
de nymphes et de génies qui,
tout-à-l'heure, dormaient d'un

II

sommeil léthargique, paraissent
se livrer à un repos doux et léger,
comme le souffle tout aérien de la
jeune déesse que j'accompagne.

L'Espérance m'adresse la
parole ; le son flatteur de sa voix
me fait éprouver un charme délicieux. Je suis tout yeux, tout
oreilles : je ne perds pas un instant de vue ma protectrice.

Elle marche droit à l'Amour ;
pose doucement ses lèvres de
roses sur son coeur, sur son front,
sa bouche, et ses yeux ; et attend
en silence son réveil. L'aimable
enfant ne tarde pas à ressentir
les heureux effets des baisers de

l'Espérance, il ouvre ses beaux yeux, et dit :

— Qui me ramène à la vie ? — Moi, moi, charmant dieu de Cythère. — Eh! quoi, repart le fils de Vénus, est-ce bien vous, aimable Espérance ? Approchez ; puis-je me lasser de vous voir? Je vous croyais perdue à jamais!.... pour moi, comme pour tous les humains ! Sans vous, douce et bienfaisante Espérance, l'univers cesserait bientôt d'exister, et les dieux même se repentiraient d'être immortels.

Tandis qu'ils se livraient à de mutuelles caresses, Morphée

abandonnait le temple de Gnide, et tout renaissait à la vie.

Vénus entr'ouvre ses belles et longues paupières ; elle promène ses regards d'un air de complaisance sur les objets dont elle est entourée : ses beaux bras, blancs comme la neige, parfaitement arondis, sont rendus à leur souplesse ordinaire : elle les tend à la volupté, que j'avais trouvée absente à mon entrée dans le temple. Vénus lui sourit de l'air le plus séduisant : le dos appuyé sur des coussins d'édredon, et dans un abandon enchanteur, elle secoue avec grace sa superbe chevelure, encore

toute couverte de fleurs de pavots
et de soucis. Vénus se montre
dans toutes ses graces.

C'est donc vous, ma seule et
véritable amie? dit la reine d'A-
mathonte, en s'adressant à l'Es-
PÉRANCE. Oh! que vous m'avez
long-temps abandonnée!

– Tour-à-tour au ciel et sur la
terre, je m'acquittais avec zèle
de mes fonctions : je récréais les
dieux ; je consolais les pauvres
humains. Je flattais, je caressais,
je comblais de mes faveurs ceux
qui m'imploraient avec des in-
tentions pures et droites. Le croi-
rez-vous? des barbares, livrés
à tous les crimes, dévorés de

l'ambition du pouvoir et des richesses, tyrans non moins vils
qu'odieux, me poursuivirent avec
une atrocité sans exemple. Un
d'eux, le plus abominable de
tous, fit tant par ses forfaits,
inventa tant de nouveaux genres
de scélératesse, fit tant tomber
de têtes, fit tant verser de larmes,
qu'effrayée, et forcée de dé-
laisser l'innocence qui, elle-
même me croyait perdue, parconséquent au comble du malheur, je fus, abimée dans ma
tristesse, demander à Jupiter la
permission de me retirer dans l'un
des deux temples qu'on me bâtit
jadis à Rome, et d'y demeurer

inconnue, tant que durerait la persécution du monstre qui désolait et ravageait une partie de la terre. C'est là que depuis deux ans, j'ai vécu ignorée.

– Et c'est à cette époque aussi, reprit Vénus, que les mortels désertèrent mes temples, et ceux de mon fils. Ses flèches émoussées devinrent inutiles, et son flambeau ne brûla plus les coeurs.

– Triste vérité ! interrompit l'Amour. Ne sachant à qui m'en prendre de la perte de mon pouvoir, je vins porter mes plaintes à ma mère, qui me gronda, persuadée que je négligeais de lui envoyer les couples d'heureux

que je faisais, pour lui offrir leurs
hommages et leur encens. Je lui
appris alors, la désertion totale
de mes sujets, et mon impuis-
sance à rappeller les hommes à
leurs devoirs.

Désolés tous les deux, nous
cherchâmes à pénétrer la cause
d'un évènement si étrange, si
particulier ; mais quoique dieux,
ce fut en vain que nous voulûmes
la deviner. Toutes nos recherches
furent inutiles. Vénus, justement
courroucée contre les rebelles (et
après avoir fait retremper de nouveau l'acier de mes flèches dans
les forges de Vulcain, pour les
rendre plus acérées), m'or-
donna

donna de parcourir l'Europe entière, ses états favoris : Pars,
mon fils, me dit-t-elle, et dé-
couvre, s'il est possible, d'où
provient ce bouleversement gé-
néral dans l'ordre des choses.

Je partis, et de retour auprès
de maman, je lui rends compte
de ce que j'ai vu :

J'ai parcouru bien des pays.
O ma mère, que je suis affligé
de mon voyage! Peut-être (tant
la chose est hors de toute vrai-
semblance), peut-être refuseras-
tu de croire ce que j'ai à te dire,
et qui pourtant n'est que trop
vrai. Il y a une désorganisation
complette dans la nature hu-

maine. J'ai vu, ou jai cru voir
des êtres !...... Si ce sont des
hommes, ils n'ont guères con-
servé de leurs traits primitifs.
Vénus est méconnue, l'Amour
part-tout offensé ; on n'aime
plus. On n'a plus le moindre
souvenir de l'art de plaire ; on
est sans tendresse, sans passions;
pas la plus simple parure. L'indifférence pour la beauté conduit à l'indifférence de soi-mê-
me. L'homme du siècle actuel,
sale dans le négligé qu'il adopte,
ose, sans crainte d'inspirer le
dégoût, se présenter devant les
graces. En disant qu'il est libre,
il se persuade qu'il a le droit

d'être mal-propre. Ses cheveux,
mal ou non peignés ; sans parfums, reviennent au hazard, et
de partout, couvrir sa figure,
et font douter, au premier aspect, si ce n'est pas un de ces
Pongos * d'Afrique, auxquels
tout son acoutrement lui donne
une extrême ressemblance. Son
vêtement le plus ordinaire le
ferait prendre encore pour un
de ces ours que des montagnards
des Alpes et des Pyrénées trans-
forment en danseurs, pour amuser le peuple. Il porte sur sa tête
une coëffure écarlate, en forme

* La plus grande espèce des Ourang-
Outangs,

de bourse allongée, dont la poin-
te retombe, de mauvaise grace,
en arrière. Il a deux grands sacs,
bien larges, qui prennent des
hanches jusqu'au bas des pieds,
et qui enveloppent les cuisses et
les jambes, sans désigner aucune
forme. Un sayon, comme les
anciens Germains, passé entre
ses bras, vient se rejoindre sur
sa poitrine qu'il laisse débraillée.
C'est dans cette caricature, qu'a-
vec la grossièreté de l'Hottentot,
il parait en tous lieux, fier, on
ne saurait deviner pourquoi, de
cette mise nouvelle, aussi ridi-
cule que repoussante.

Ma mère ! de quelles flèches

pourrais-je me servir pour blesser le coeur d'une belle, en faveur de pareils êtres? Tous mes efforts seraient superflus. Eh! comment mon art ne serait-il pas en défaut? Je n'ai pas seulement la laideur à faire oublier. Le langage et les moeurs de ce peuple révoltent davantage. Tu sais pourtant, ma mère, qu'un amant a dû plus souvent encore son bonheur, les faveurs de sa jeune amante, à sa complaisance, à l'éloquence de sa tendresse, à sa manière de s'exprimer, douce et insinuante, qu'à la beauté de ses formes et de ses traits. Représente-toi, maman, des êtres

12.

durs, hautains, frappant l'air de
leurs voix rauques, de sons brus-
ques, aigres ou tonnans, jettés
par sacades, et ressemblans assez aux beuglemens des taureaux;
les Graces n'en doivent-elles pas
être effrayées ?

Voici, belle maman, le tableau triste et vrai de l'état où
j'ai trouvé l'Europe. Que d'aimables liens formés par nous,
sont à présent rompus !... O sensible maman, crains d'en apprendre davantage. Tes beaux yeux
verseraient trop de larmes. Long-
temps encore nos temples seront
sans adorateurs. Que sais-je mê-

me, si, pour toujours, nos autels
ne sont pas abandonnés ?

Effrayée, reprend Vénus,
du discours de mon fils, je déchire mes vêtemens ; je mets ma
parure en désordre ; j'invoque
Morphée, je le prie de suspen-
dre, par sa présence, mes chagrins et ceux de l'Amour.

Touché de ma peine, le dieu
du sommeil sensible à ma prière,
vint avec nous habiter mon temple : il y serait encore sans vous,
consolante ESPÉRANCE. Il ne
procure le bonheur qu'en rève ;
vous, vous conduisez à la réalité.

Il vaut mieux, sans doute, dormir, que de veiller dans la souffrance. Le sommeil est alors le plus grand des bienfaits; mais vos faveurs sont trop douces pour n'en pas jouir éveillée. Je vous dois des plaisirs si délicieux ! ESPÉRANCE, ne nous quittons plus : Vénus et l'Amour vous en conjurent.

A peine la Reine des cœurs cesse-t-elle de parler, que son temple brille d'un éclat tout nouveau ; l'air devient et plus léger et plus pur ; l'atmosphère s'embaume du parfum de mille fleurs. Tout prend sous ses yeux un

aspect riant, enchanteur, voluptueux.

Les génies, les talens et les
arts sortent à leur tour de leur
engourdissement ; leur premier
sentiment est de se réunir tous
ensemble. D'accord avec les
Graces, les Jeux et les Ris,
les voilà entourrant leur souveraine, et dès le soir même ils
célébrèrent, en l'honneur du
réveil de Vénus et de l'Amour,
une fête telle, qu'un simple
mortel ne peut s'en former une
juste idée.

On dit que cette fête fut entièrement consacrée à L'ESPÉ-

RANCE, qui, dans un cartel, en
lapis-lazuli, sculpté sur le fron-
ton du temple, fit, d'accord avec
la déesse, placer ces deux vers,
en caractère de diamants :

Bannissez les Égards et les Graces du monde,
Vous le verrez rentrer dans une horreur profonde.

ROSINE

ET

COLETTE.

ROSINE ET COLETTE,

OU

IL N'EST DE BONHEUR

QUE DANS

L'EGALITÉ DES CONDITIONS;

CONTE PASTORAL, plus vrai que beaucoup d'histoires.

L'innocence, la grace et la naïveté
Nous charment plus encor que l'esprit, la beauté.

DANS le village de Lorzange, en Lorraine, vivait avec ses deux filles, une veuve âgée d'environ cinquante ans. Cette bonne femme, nommée Genevotte,

dont les mœurs avaient toujours été pures, élevait ses enfans
dans les mêmes principes ; principes aussi simples qu'honnêtes.
Amusez-vous, leur disait-elle
souvent, mais soyez sages. Riez
avec tout le monde : la gaîté aimable à tout âge, convient particulièrement au vôtre. Gardez-
vous de vous laisser séduire par les
propos flatteurs des hommes, et
les assurances trompeuses qu'ils
prodiguent tous à celles de notre
sexe, dont ils veulent faire la
conquête. Vous paieriez un jour
par des pleurs amers, le plaisir
de les avoir crus.

Rosine ne tenait aucun compte

des discours de sa mère. Elle
entrait dans sa dix-neuvième
année. Belle et coquette, (car
on l'est aux champs comme à la
ville), son unique désir était de
plaire. Colette, sa soeur puînée,
plaisait sans le savoir. Elle devait ses attraits à la nature, et
rien à l'art : Colette ignorait éga-
lement qu'elle fût jolie et sensible ; mais elle voyait sans peine
qu'un jeune paysan du canton
lui rendît des soins : on l'appe-
lait Colin. Ce villageois était au
moins autant connu sous le nom
du Beau-garçon , que tout le
monde lui donnait volontiers.
Outre ses avantages extérieurs ,

(qui trop souvent déterminent seuls les femmes), Colin était fils du plus riche laboureur du lieu, et filleul du Vicomte de Lorzange. Ce seigneur avait promis de l'établir ; mais l'espoir des richesses n'entrait pour rien dans l'attachement de Colette. Au printemps de l'âge, filles et garçons ne calculent que les charmes attachés au bonheur d'aimer et d'être aimés.

L'amour surprit nos jeunes amans au milieu des jeux de l'enfance ; et lorsqu'ils s'amusaient ensemble, ils ne se doutaient pas que le fripon était toujours en troisième avec eux. Jouait-on à la Main-chaude? Colette avait si

peur qu'on ne frappât trop fort
Colin ! On la voyait se tourmen-
ter et s'agitter, comme si elle
eût craint pour elle-même.

Un jour du mois de Juin, fête
de son berger, Colette se leva de
très-grand matin, pour lui donner un bouquet. Ne faisant que
le moindre bruit possible, elle
sort de la chambre de sa mère.
—Maman et ma sœur dorment
encore, se dit-elle : avant qu'elles
ne s'éveillent, j'aurai le temps
d'aller voir Colin. Personne ne
le saura : mais pourquoi me cacher ? c'est donc un mal que
d'offrir des fleurs à un garçon ?
oh! oui, sans doute ; puisque

Maman, qui n'est pas méchante,
nous recommande d'éviter de
nous trouver avec eux en tête à
tête; nous défend surtout de leur
faire des caresses et d'en recevoir.
Maman a sûrement raison. Mais
Colin ne demande rien : si moi-
même je lui donnais des fleurs; se-
rait-ce désobéir à Maman? Voilà
comment une jeune personne,
aide a se tromper elle-même,
et parvient à détruire tout ce
qui contredit ses désirs nais-
sans. Tout en se livrant à ses
réflexions, Colette arrive auprès
d'un rosier; elle en choisit les
plus belles roses. — Que je suis
aise ! Colin tout aujourd'hui,

portera mon bouquet, et peut-
être encore demain. Sa soeur
Jeannette, j'en suis bien sûre,
ne lui en présentera pas un plus
beau.

La jeune enfant, après avoir
arrangé ses fleurs de cent façons
différentes, pour ajouter à son
bouquet un nouvel agrément,
sourit à son ouvrage ; et dans
l'instant marque de l'impatience :
tour-à-tour on la voit mécontente et satisfaite. Ah! Colin,
si mon bouquet te fait autant de
plaisir à recevoir, que j'en aurai
à te l'offrir, tu seras bien content!
A présent, ce qui me coûte le
plus, c'est de savoir ce que je

lui dirai. Voyons : il faut que je m'en occupe.... Il ne me vient rien..... Rêvons-y encore..... Quoi! rien du tout! Voici, je crois, une bonne pensée. Colin, lui dirai-je, je n'ai pas dormi de la nuit, dans l'idée que j'avais de te fêter ce matin. Je me suis levée avec le jour, pour te chercher des fleurs : j'ai trouvé celles-là ; reçois-les d'aussi bon cœur qu'elles te sont offertes. Elles ont été cueillies de ma main. Garde-les : surtout n'en pare point mes compagnes ; et lorsque ma fête viendra, n'oublie pas, Colin, de me fêter à ton tour. Un pareil compliment

n'avait pas été difficile à ima-
giner : il était peut-être emba-
rassant de le faire à celui qui
l'avait inspiré. Colette n'apperçoit pas plutôt Colin, que ses
joues deviennent plus vermeilles
que les roses de son bouquet ; la
crainte s'empare d'elle. Colette
veut aller au devant du berger ;
mais Colette semble arrêtée : elle
était toute honteuse.

Colin non moins intimidé que
la bergère, ressent une joie mê-
lée de trouble. Le véritable a-
mour n'est point hardi. Colin
regarde Colette sans oser l'abor-
der ; il hasarde pourtant un pas
vers elle : Colette en risque un

autre, et s'arrête. Puis Colin en
fait encore deux ; la bergère l'i-
mite, et insensiblement les voilà
tout près l'un de l'autre. Ils ne
se parlent pas : mais leurs yeux
expriment le plus doux sentiment de leurs ames ; sentiment
qu'ils ignorent, et qui n'en est
que plus délicieux. Amour! c'est
dans les regards de deux amans,
qui ont encore la première innocence de la nature, que tes
feux sont vraiment divins. Les
mortels que tu as déjà rendus
heureux ne connaissent plus cet
embarras aimable et naïf, qui
ajoute tant de charmes à tes faveurs.

Colin paraît un peu plus ras-
suré. — Te voilà levée de bien
bonne heure, dit-il à Colette?
Qui t'a si-tôt éveillée? — L'on
ne m'a pas éveillée ; puisque
je n'ai pas dormi. J'ai pensé
toute la nuit...... — A quoi? —
Mais.... à toi, Colin. Je savais
que c'était ta fête ; j'ai voulu te
la souhaiter : voici mon bouquet.
Elle avance la main pour le lui
présenter, rougit, et la timidité
l'arrête. Ah! donne, donne,
Colette! — Je n'ose, je n'ose,
Colin. Je ne le trouve plus joli.
J'ai tant de plaisir à te voir!....
Et puis, j'ai oublié le compliment. C'est bien mal à toi de

m'ôter la mémoire ! voilà vraiment plus de deux mois que je l'éprouve : c'est comme un fait exprès de ta part. Si-tôt que tu es près de moi, je sens que j'ai mille choses à te dire : je veux te parler ; ma langue s'embarasse ; je balbutie. Si je te regarde, ma vue se trouble,…… Je souffre, Colin ; je souffre beaucoup, quand je suis avec toi, et cependant j'y voudrais être toujours. — Je suis de même, reprit le berger : j'aime à te rencontrer, et pourtant je te redoute. J'ignore ce qui produit en moi ces contrariétés. Loin de toi je soupire, à tes côtés je suis malheureux,

quoique

quoique bien aise. En ton absence je désire quelque chose :
je crois que c'est de te voir. Je
te cherche ; nous sommes ensemble, eh bien ! je souhaite
encore. Je ne comprends rien
à tout cela : et toi, Colette ? — Ni
moi non plus, Colin. — En causant on s'instruit quelquefois :
veux-tu que nous causions ? —
Rien ne nous empêche. — As-
seyons-nous sous ce vieux chêne.
Les voilà assis, et quelques instans ils gardent encore le silence.
Bientôt Colin renoue la conversation. D'abord ce ne sont que
des mots entrecoupés de part et
d'autre. — Colette. — Colin. Et

puis ils se regardent. Colin soupire, Colette aussi. Le Berger
finit par craindre que sa Bergère
n'ait du chagrin. - Es-tu fachée,
Colette ? —Moi, fachée ! au contraire : je ne me suis jamais trouvée plus contente. Je voudrais
être ainsi toujours avec toi. —
Moi, Colette, je voudrais ne
jamais te quitter : donne-moi ta
main... Colette la lui abandonne!
Mains d'amans ne se joignent
jamais sans tressaillir. Aussi ces
deux aimables enfans demeurent
confus de la nouvelle sensation
qu'ils éprouvent : le rouge de la
pudeur colore leurs visages. Eh!
qui n'a pas éprouvé une surprise

d'enchantement au premier plaisir de l'amour ?

Colin devient un peu plus
entreprenant : il ose presser et
baiser la main de sa bergère qui,
plus agitée que jamais, ne se
connaît plus. Dans son égarement, elle s'écrie : Colin, ton
baiser a passé jusqu'à mon cœur :
je ne puis plus respirer... - Ah!
je respire avec plus de peine encore! -- Oh ! non.

A ce sujet s'élève une dispute
qui se termine à la satisfaction
de tous deux ; car ils conviennent
que leurs cœurs ne battent ensemble et si vivement, que parce qu'ils sont agités par le plaisir.

Le berger risque enfin l'aveu
de sa tendresse. Chère Colette,
lui dit-il, je t'aime. -- Colin,
lui répond Colette, je crois aussi
que j'aime.

Ils se disposaient à recommen-
cer leurs caresses, quand la sœur
de Colette arrive. Rosine depuis
quelque temps remarquait les
absences de Colette. Rosine était
envieuse et jalouse, et rien,
comme la jalousie, ne rend inquiet. Il faut tout dire : Rosine
avait pris pour son seigneur un
intérêt qui tenait plus, à la vérité, de la coquetterie que de
l'amour ; car, dans la crainte
d'aimer toute seule, en cher-

chant à plaire au Vicomte de Lorzange, et pour ne pas manquer d'amant, elle recevait encore les hommages du berger Lisandre. Quand il lui semblait que Monseigneur la négligeait, elle agaçait le jeune vilageois. Monseigneur jetait-il par hasard, ou à dessein, un coup d'oeil sur elle? Lisandre n'était plus rien à ses yeux : elle lui faisait éprouver mille caprices.

Ce qui lui avait donné un peu d'éloignement pour sa cadette, c'était les préférences que, dans plus d'une occasion, le Vicomte de Lorzange marquait à Colette. Elle en ressentit plusieurs fois

14.

un dépit extrême : Aussi, souvent Colette avait éprouvé les effets de la mauvaise humeur de Rosine.

Lorsqu'elle aborda sa sœur, elle se trouvait dans un de ces momens où à charge à elle-même, elle devait l'être encore infiniment davantage aux autres.

Elle appelle Colette ; nos bergers n'entendent point. Colette ! Colette ! crie-t-elle plus fort. C'est en vain : ils sont sourds à sa voix. Elle précipite sa marche, arrive derrière la haye où était adossé le chêne sous lequel se passait une scène si intéressante, le triomphe de la nature et de

l'amour. — C'est vraiment fort
joli, ma soeur, d'être ainsi avec
un garçon, loin des regards de
tout le monde ? Colette qu'em-
bélissait le plaisir, ne répond
rien, et cherche des yeux le
bouquet destiné à son berger :
elle l'apperçoit tout effeuillé. La
perte de ses roses l'affecte bien
plus que les reproches de sa
soeur. Colin la console : j'ai,
lui dit-il, perdu aussi ma houlette ; mais je ne la regrette point ;
ta vue m'en dédommage.

Rosine en les voyant si tran-
quilles, transportée de fureur,
les menace d'aller tout rapporter
à sa mère. Alors Colette effrayée

conjure, supplie Rosine : — « Ma
petite soeur, ne me fais point ce
chagrin-là ; tu me trouveras toujours prête à exécuter tes volon-
tés. Je chercherai sans cesse à
te plaire : je t'éviterai jusqu'à la
peine d'aller au château ; j'y por-
terai la crême. — Je vous en dis-
pense : cherchez ailleurs votre
dupe. C'est la coquetterie qui
vous suggère de me rendre ser-
vice. Parce qu'un jour Monseigneur a daigné par, bonté ! lui
dire quelque chose d'obligeant,
cela ne lui sort plus de la tête.
Elle se croit jolie ! il n'en est
rien, Mademoiselle. Apprenez
que Monseigneur flatte et trompe

comme tous les autres hommes.

Sans répondre directement à ce propos, Colette ajoute avec sa douceur naturelle : Rosine, chaque matin j'irai vendre à la ville ton lait, tes oeufs frais. Tous les soirs je filerai à ton rouet; j'avancerai ton ouvrage. – Et moi, dit Colin, se joignant à son amante, pour gagner Rosine, et moi je bêcherai votre jardin ; Rosine , j'arroserai vos fleurs. – Je ne veux des soins ni de l'un, ni de l'autre.

Rosine ne se laisse toucher ni par leurs larmes, ni par leurs prières. Colin et Colette la conjurent inutilement. La patience

échappe alors au berger. – Vous
êtes bien méchante! allez donc
instruire votre mère ; puisque
vous mettez votre bonheur à nous
causer de la peine. Allez, mais
je parlerai aussi. – Que direz-
vous ? – Tout ce que j'ai vu et
entendu avec Lisandre, hier au
soir, dans le petit bois... Suffit:
j'ai ma vengeance prête.

Cette menace fit impression
sur Rosine. Elle s'adoucit, et à
son tour pria avec instance le
berger de garder son secret. Colin
quelques instans joua le cruel,
et puis lui pardonna. Ils se quit-
tèrent, les meilleurs amis du
monde, en apparence ; se promet-

tant de nouveau la plus grande
discrétion, et se donnèrent ren-
dez-vous, dans l'après-midi, au
château du vicomte, où tout le
village devait s'assembler pour
célébrer sa fête.

Les deux bergères, après que
Colin les eût quittées, reprirent
le chemin de leur habitation.
Tout en causant, Colette remar-
qua que Rosine tombait dans la
rêverie : elle lui en demanda la
cause. Je pensais à Monseigneur.
Écoute, Colette, ma chére petite, tu m'as promis d'être bonne
fille. J'exige de toi toute franchise sur les questions que je vais
te faire ; sois vraie au moins. —

Tu sais, ma sœur, que je n'ai jamais menti. — Eh bien! ajoute Rosine, en embrassant Colette avec transport, réponds - moi. Hier, quand maman t'envoya porter des fruits à Monseigneur, Monseigneur a - t - il jasé avec toi? — Oui, et son cousin le Marquis de Terval, m'a aussi adressé la parole. Mais je ne comprenais rien, ou peu de chose, à leur langage. Autant que je puis m'en souvenir, ils m'ont répété plusieurs fois que j'avais un teint de lis, des joues vermeilles comme la rose, une bouche de corail, des dents rangées comme des perles, et plus blanches que l'yvoire..

l'yvoire... que sais-je enfin! ils ne
finissaient ni de me regarder, ni
je pense, de s'entretenir de moi.
Devines-tu, ma soeur, ce que
tout cela voulait dire? – Oui,
et j'imagine que je n'eusse pas
été aussi embarrassée que toi
pour répondre. – Ce n'est pas
tout: Monseigneur s'est approché
pour m'embrasser. Oh! comme
il m'a rendue honteuse, honteuse! J'ai voulu m'en aller :
mais Monseigneur m'a retenue
malgré moi. Je me suis efforcée
de lui échapper : en me débat-
tant, ma vue s'est portée sur
lui par hasard ; j'ai cru dans ce
moment démêler en ses yeux

15

quelque chose de si semblable à
la colère, que saisie, et craignant de l'avoir fâché, je suis
demeurée sans mouvement, et
toute tremblante dans ses bras.
Ensuite Monseigneur a cherché
à me rassurer ; mais il ne faisait
qu'ajouter à mon embarras. Il
m'a caressée, m'a prise entre
ses genoux, et a couvert mes
lèvres et mes yeux de tant de
baisers, que je me suis senti
tout le visage brûlant. Sois bien
sûre, ma soeur, que je n'ai point
gardé ses baisers ; car pour les
effacer, je me suis frottée, frottée
de mon tablier pendant plus
d'un quart-d'heure. Monsei-

gneur alors se prit à rire, et moi
je me suis mise à pleurer, à pleurer bien fort. Pour me consoler, et arrêter mes larmes, il
m'a promis des bavolets de den-
tellés, des rubans et une croix
d'or, en me recommandant de
venir le voir tous les jours. –
Que tu es heureuse, Colette! –
Oh! je me trouve bien plus contente, quand je suis un seul petit
moment avec Colin. – Colin n'est
qu'un villageois; tu ne sens pas
ta félicité. – Mais, Rosine, s'il
est si beau de plaire à un seigneur, que n'aimes-tu Monsieur
de Terval? il disait hier que si
tu étais fille à le suivre à Paris,

il te donnerait de bien belles
choses. – Comme quoi? – Dame!
un carosse, de beaux atours. –
Serait-il bien vrai! Viens, Colette, que je t'embrasse! De beaux
atours! Rosine en carosse! ma
chère Colette, tu es vraiment
charmante : je t'aime à la folie.
De ce moment, Colette, je ne
pense plus à Monsieur de Lorzange. – Ma chère Rosine, tu
me sembles bien aise? – Je ne me
sens pas de joie!

Rosine dans son allégresse,
sautait, riait, chantait tout à la
fois, et n'appercevait pas sa mère
qui était auprès d'elle.

Gennevotte inquiète de l'ab-

sence de ses filles, était venue
à leur rencontre : êtes-vous folle?
dit-elle à Rosine. Que signifie,
s'il vous plait, cette joie qui tient
de l'extravagance ? Aussi - tôt
un mensonge adroit tira Rosine
d'embarras. C'est le sort des
mamans d'être souvent dupes.
Gennevotte prit pour bonnes les
excuses de sa fille : elle l'em-
brassa : Gennevotte était bonne
mère, si simple, si peu soup-
çonnant le mal, qu'elle ignorait
qu'un enfant pût user de détours
pour tromper sa mère. Je vais,
dit Gennevotte à Rosine et à
Colette, faire un tour dans le village, pour m'instruire de l'ordre

15.

que l'on donnera à la fête qu'on
prépare à Monseigneur. Vous,
mes enfans, allez vous habiller
pour tantôt. J'ai préparé tous vos
ajustemens, vos chapeaux, vos
justes et vos ceintures à boucles
de pierres. Je veux que vous
soyez aussi braves que pas une de
vos compagnes. Et voilà comme
une mère, sans s'en apperce-
voir, insinue la coquetterie à ses
filles. Gennevotte ajouta : Que
vos guirlandes soient fraîches,
et dignes de l'hommage que nous
devons rendre à Monseigneur.

Suivant ces ordres, Colette
et Rosine rentrèrent chez elle.
Quelques minutes après, elles

entendirent frapper à la porte
du logis. L'une d'elles court ouvrir : c'est Lisandre, l'amoureux
de Rosine, et l'amant le plus
tendre du canton. Il savait Gennevotte sortie : il apportait de
nouveaux dons à sa bergère ;
car jamais il ne l'abordait sans
quelques présens : c'était une
brebis ornée de fontanges, une
jolie houlette et une pannetière
du plus fin osier, tressée par lui-
même. – Charmante Rosine, lui
dit-il, agréez ce tribut que vous
offre mon amour. Il met ses cadeaux aux pieds de la bergère.
Rosine plus occupée de sa toilette, accueille avec beaucoup

de froideur Lisandre et son offrande. Elle continue d'ajuster
son chapeau auquel elle tâche de
donner la tournure la plus ga-
lante. Lisandre allait se plaindre,
quand l'arrivée subite de Gennevotte le força à se retirer,
sans avoir pu demander une ex-
plication à la bergère.

La mère apprit à ses filles que
le Vicomte de Lorzange allait
partir pour la chasse avec une
suite nombreuse de ses amis, et
que pendant ce temps, tout le
village se rendrait au château
pour le complimenter à son retour.

Rosine fit semblant, vis-à-

vis de sa mère, de courir chercher des fleurs qu'elle avait, disait-elle, oubliées ; mais elle se
rendit à l'instant même, sur le
passage des chasseurs. Rosine
saluait par des révérences, à
droite et à gauche, dans le dessein de se faire remarquer. Ce
furent bien d'autres attentions,
lorsque le Vicomte et le Marquis
parurent. Il n'est sorte d'agace-
ries qu'elle n'imagina : si bien
que Terval qui n'était pas in-
différent à ses charmes, préféra
de rester avec elle, et laissa
Lorzange aller sans lui à la
chasse. Dieux! comme de part
et d'autre le temps fut employé !

Si d'un côté les complimens se
multipliaient, Rosine n'était pas
en reste de témoignages de reconnaissance, et de fausse modestie. — Monsieur le Marquis a
bien de la bonté pour une villageoise comme moi : je n'ai aucun
des agrémens qui plaisent aux
beaux Messieurs de la ville, et
je ne dois qu'à sa politesse les
choses beaucoup trop flatteuses
dont il m'honore. Terval, de lui
jurer qu'elle est belle comme un
ange, et faite à ravir ; d'enyvrer
son amour propre à l'aide de ces
formules qui ne signifient rien à
force d'être redites. Il finit par
lui proposer de partager sa for-

tune avec elle. La tête en tour-
nait à Rosine.

Terval et Rosine oubliaient
les momens, et causaient encore
ensemble, lorsque quelques pi-
queurs qui revenaient chargés
de gibier, passant auprès d'eux,
leur annoncèrent la fin de la
chasse. Terval et Rosine se quit-
tèrent, en se jurant de s'aimer
toute la vie, et de se revoir encore au déclin du jour.

Rosine fut grondée, mais fit
peu d'attention aux réprimandes
de sa mère ; elle n'était occupée
que de son cher Marquis : l'a-
mour tient lieu de tout.

Déjà presque tous les vassaux

de Monseigneur, rassemblés au château, attendaient son retour. De jeunes paysans et de jolies paysannes devaient lui présenter des guirlandes, et former des danses : d'autres villageois et villageoises se préparaient, accompagnés du flageolet et de la musette, à chanter quelques couplets ; et les vieillards se réservaient pour couronner Monseigneur, afin de lui donner à entendre que c'était des mains de la sagesse qu'il recevait la couronne.

Après une demie-heure d'attente, Monsieur de Lorzange paraît avec toute sa société : aussitôt

tôt on n'entend plus qu'un cri :
VIVE MONSEIGNEUR. Le Vi-
comte sensible à ces témoignages
non mandiés de ses vassaux, leur
en marque sa joie par les expressions mille fois répétées, de
MES ENFANS ! MES BONS AMIS !
et des larmes de plaisir humec-
taient en ce moment les paupières de toute l'assemblée.

Colin, filleul du Vicomte,
s'avance pour le haranguer à la
tête des garçons. On entoure
Monsieur de Lorzange ; on se
précipite vers lui : c'est à qui
s'approchera de plus près. Le
compliment débité, la fête continue par un feu d'artifice, qui

réussit à merveille. Le chant, la danse, tout fut charmant et bien exécuté : tout se passa le mieux du monde.

Le vicomte de Lorzange était naturellement bon ; il aimait à faire du bien, et à rendre ses vassaux heureux. Il l'eût été parfaitement lui - même, sans son penchant pour les femmes; penchant qui l'égarait quelquefois. Mais comme il avait beaucoup d'esprit, il revenait aisément de ses erreurs ; et pour les réparer, il employait tous les moyens possibles.

Plusieurs familles qu'il avait tirées de la misère, se réunirent

pour jouer de petites scènes in-
téressantes, et représenter des
actes d'humanité qui leur ren-
daient si cher leur seigneur. Le
Vicomte attendri jusqu'aux larmes, se jette dans les bras de
ces bonnes gens, et les embrasse
indistinctement, comme ils s'offrent à lui.

Après cette délicieuse explo-
sion de sensibilité réciproque,
les danses recommencèrent, et
Rosine et Colette ne sont pas
celles qui s'en acquittent le moins
bien.

Le Vicomte fait distribuer
toutes sortes de rafraîchissemens :
ensuite on dresse des tables, et

lui-même y prend place à côté
de ses paysans. Sa société l'imite,
et ses amis jouissent de l'amour
qu'il inspire. Quel coup-d'oeil
charmant de voir le luxe de la
ville se mêler ainsi à la simpli-
cité villageoise! C'est un tableau
vraiment digne du pinceau de
Greuze.

Après la collation, on se remit
encore de nouveau à danser. On
ne sera point étonné, si, pour
cette fois, Rosine ne fit pas
comme ses compagnes. Retirée à
l'écart dans l'embrasure d'une
croisée, elle s'entretenait avec
le sémillant Terval, uniquement
occupée de lui. Le pauvre Li-

sandre, pendant toute la fête, ne put obtenir d'elle un seul regard : plus il avait affecté de la rechercher, et plus la coquette sut l'éviter.

Pour Colette, fixée à son premier choix, toujours simple, toujours vraie, elle ne vit partout que Colin, malgré les attaques sans nombre des plus jolis seigneurs.

J'ai dit que le matin, lorsque Rosine vint interrompre nos jeunes amans, Colette intimidée et surprise de la subite apparition de sa soeur, laissa tomber le bouquet qu'elle destinait à son berger ; et qu'elle avait, par mé-

16.

garde, marché dessus. Cet accident, quoique fort léger, l'af-
fecta beaucoup, au point qu'elle
y pensait encore au milieu des
ris et des jeux. Les fleurs ap-
portées au Vicomte lui rappellent
la perte de ses roses. En voilà de
si belles! comment résister à la
tentation d'en soustraire quelques
unes pour Colin? Elle combat
long-temps son désir ; elle va,
vient, tourne autour d'une console sur laquelle tous les bouquets sont déposés, les touche,
en respire l'odeur, les remet à
leur place, s'éloigne, retourne
encore, les admire, regarde de
nouveau si elle n'est point vue,

et croyant ne pas l'être, se dé-
termine à consommer son larcin,
qu'elle cache dans son tablier.

La pauvre petite, plus de vingt
yeux la guettaient pour son malheur ; on l'arrête : honteuse,
elle rougit et pleure. On la conduisait à sa mère toute en larmes.
Le Vicomte se rencontre sur son
passage, et demande de quoi il
est question. Colette, dont les
pleurs redoublaient encore, confuse, et comme pour se dérober
aux regards de son Seigneur,
porte ses deux mains tremblantes
sur son visage : son tablier s'ouvre,
et les fleurs se répandent à ses
pieds et à ceux du Vicomte. —

Quoi! dit-il, quoi! c'est pour
une pareille bagatelle que l'on
chagrine cette enfant? Qu'on lui
donne toutes les fleurs qui m'ont
été offertes. Tenez, Colette, en
ramassant lui-même les bouquets,
reprenez ces fleurs. Vous les avez
désirées ; elles sont à vous. —
Ah! Monseigneur.... — Elles sont
à vous, vous dis-je : disposez-en
à votre gré. — Je les destinais à
Colin votre filleul. — Eh bien! por-
tez-les lui, et qu'il sente son
bonheur: Colin est bien heureux!
Sans attendre les remercimens
de Colette, le Vicomte de Lorzange, est déjà loin d'elle, et à
rejoint sa compagnie.

Il était tard, et l'on pensait à se retirer, quand, on vit paraître le Pasteur, accompagné d'un vieillard vénérable, dont les traits semblaient altérés ; il était suivi d'une femme et de deux enfans, que l'on jugea être les siens.

Monsieur le Vicomte, dit le Curé, en s'avançant au milieu de la salle, excusez-moi, si, le dernier ici, je ne me suis pas montré à la tête de mon troupeau. J'ai été retenu par cette famille vertueuse et infortunée : je vous offre en elle mon hommage, et un hommage digne de vous, puisque je vous présente une de ces occasions au devant desquelles votre belle ame vous fait voler tous les jours.

Ce soir, ajoute le Curé, en venant de chez un de mes paroissiens malade, j'ai rencontré ce tendre et respectable père, sa femme et ses enfans. Tous quatre, à la démarche lente, se traînaient pour gagner le pied d'un arbre, et prendre sans doute quelque repos. Ce bon homme paraissait atténué par la fatigue ou le besoin : sa maigreur, son air pâle, ses pas mal assurés, chancelans, servaient à me le faire croire ; j'ai vu que, sans sa femme, sur laquelle il

s'appuyait, ses jambes n'auraient
pu le soutenir. Et effectivement,
sitôt qu'on lui a quitté le bras,
il a fait une chute en cherchant
à s'asseoir. J'ai volé à son secours;
je l'ai relevé, et conduit chez
moi. Remise de son épuisement,
sa femme m'a conté, en peu de
mots, leur triste situation. Ce
récit pénètre et déchire le coeur!
Si Monsieur le Vicomte le per-
met, ce vieillard lui-même ap-
prendra ses malheurs ; ils inté-
resseront davantage ceux qui
les sauront de sa bouche.

Non-seulement le Vicomte y
consentit, mais même il fit les
plus vives instances au vieillard,

en lui marquant l'intérêt tendre qu'il prenait à son sort. Alors il régna dans toute la salle un silence profond , et l'infortuné commença ainsi son histoire.

« Je me nomme Bazile : voilà ma femme Thérèse , et mon fils et ma fille. Depuis longtemps j'exerçais à une des portes de la ville d'Orléans, un métier peu lucratif; mais avec le travail de ma femme , il suffisait à nourrir nous et nos enfans : je réguisais des couteaux , et Thérèse qui restait à la maison , faisait de la dentelle , brodait , cousait , ou filait. Que je me trouvais heureux , lorsque je pouvais four-
nir

nir aux besoins de ma famille !
Dans ces doux et trop courts
instans, je n'enviais le sort de
personne : je contemplais avec
délices et complaisance mes enfans, qui chantaient au près de
leur mère, ma chère Thérèse.
Le ciel, ou d'autres raisons que
j'ignore, ont rendu le blé rare :
de ce moment, j'eus beau, du
matin au soir, redoubler de fa-
tigues, souvent nous manquions
de pain, de cette première sub-
sistance de l'homme. Je mur-
murais quelquefois contre la fortune : les uns ont tout, disais-je,
tandis qu'elle refuse tout aux autres. Je m'écriais dans ma dou-

leur : ô vice heureux, tu habites des palais, et la vertu languit oubliée ! Malgré ma constance, mes soins et mes veilles pour combattre l'inflexible rigueur du destin, je fus bientôt aux prises avec l'indigence la plus affreuse. Dieu ! j'en ressentis toute l'horreur ! Ma femme, mes enfans exténués, presque livides, me demandaient du pain : je ne pouvais leur en donner.... J'avais perdu jusqu'à l'espérance : je succombai à ma douleur. Père et mari sensible, je frémis, je pleurai. Nourri de mes seules larmes, déchiré par les soupirs étouffés de ma femme, les cris

de mes enfans, j'oubliai ma faim,
pour ne songer qu'à la leur. État
horrible ! je fus cent fois près de
me noyer. Hélas! Dieu suspendit
mon désespoir. Un jour je sors,
et me faisant violence, la mort
dans l'ame, j'implore, en trem-
blant, la pitié et la commisération
publiques : on m'évite , on me
rebute, ou l'on me plaint, sans
me soulager. Le riche sur-tout
me rudoie, m'humilie, me dé-
daigne. L'opulence conçoit-elle
qu'on ait faim ? connait-elle les
souffrances de la misère ? j'avais
beau demander, presser ; on ne
m'écoutait pas. Mon état, mes
pleurs ne touchaient personne.

J'obtins pourtant, à force d'importunités, l'assistance de quelques passans ; mais ces faibles secours ne pouvaient que retarder de quelques instans la fin de nos jours. Je me lasse de n'éprouver que des refus constans. Décidé à mourir, je cesse de mandier. Plein de mon infortune, l'œil égaré sans forces, ni voix, je rencontre dans la rue un de mes amis, journalier comme moi, et presqu'aussi pauvre. Au premier abord, il me méconnait, tant il me trouve sombre, have et défait. Cependant m'ayant remis :—Quoi ! c'est toi, mon pauvre Bazile ? Qu'as-tu,

qui t'accable ? d'avance je partage tes peines. – Je suis anéanti:
je ne me connais plus ; je me
meurs. Ma femme, mes enfans
et moi, nous n'avons point man-
gé depuis avant hier au soir....
je ne sais où je me traîne.... ils
vont mourir, sans doute, ou
peut-être sont-ils déjà morts.
Ah! que ne puis-je de ma vie,
racheter la leur ! – Cher Bazile,
me dit mon ami, pénétré d'affliction, je n'ai que ces trois sols :
prends-les, ils sont à toi ; tiens,
les voilà : mais, écoute.... non ;
je n'ose t'indiquer un moyen....
– Parle, lui dis-je. – Tout près
d'ici...– Eh bien ? – Tu pourais...

Explique-toi. -- Il est un lieu...
- Conduis-moi dans ce lieu ; il
n'est rien, interrompis-je avec
vivacité, il n'est rien qui me
coûte ; rien du tout. Je ferai tout,
hormis ce qui serait contre la
probité : je m'y résigne. --Au
bout d'une telle rue, poursuivit
Charles, (c'est le nom de mon
ami) dans un tel quartier, chez
telle personne, des élèves ap-
prennent à saigner : on donne
douze sols ; mais pourrais-tu te
résoudre à livrer ton bras ? - Graces, graces, mon ami Charles !
au moins ils vivront encore deux
jours ! Je quitte Charles, et je
vole chez l'apprenti chirurgien.

On m'ouvre la veine : avec quel plaisir je vois couler mon sang qui va servir d'aliment à Thérèse, à mon fils, à ma fille ! J'apprends que dans un faubourg on fait la même opération ; j'y cours : on me saigne de l'autre bras : je sors; j'achète du pain, et retourne promptement chez moi, où ma déplorable famille, réduite à la plus dure extrémité, éprouva néanmoins, en me voyant, une joie difficile à rendre. Ils se jettent sur ce pain de douleur, se le partagent, le dévorent. Je jouissais, en les rappellant à une nouvelle existence, quand tout à coup je m'affaiblis, je pâlis ;

et ne pouvant plus me soutenir
sur mes jambes qui ploient sous
moi, je m'assieds dans la crainte
de cheoir. Le sang rougit mes
mains, et de la double piqûre,
il coule de mes bras, et retombe
à gros bouillons sur le pain de
ma femme. Les ligatures s'é-
taient défaites. Soudain la terreur m'environne. Ciel ! oh
ciel ! mon mari ! mon père !....
Quoi ! des assassins !... Dieux !...
-- Ce n'est rien, dis-je, mes enfans : ma chère Thérèse, ne pleurez pas, je ne suis point blessé.
Venez, jettez-vous tous trois
dans mes bras, que je vous serre,
que je vous presse contre mon

sein, que je vous sente encore
une fois près de mon coeur ! —
Mais, me dit ma femme, en
m'examinant plus attentivement,
quel air sérein se répand sur
votre visage ? Je ne conçois
rien.... Ma chère épouse, c'est
que je suis content : je m'acquitte
envers vous d'un devoir, dont,
sans doute, vous vous fussiez
acquittée envers votre mari. Je
n'eus pas plutôt achevé, que
remplie d'épouvante, ma malheureuse famille pousse des cris
étouffés par des sanglots, se
jette, se précipite sur moi. Tout
est confondu, mère, époux,
frère, soeur : je suis inondé de

leurs larmes : ils me tinrent plus d'un quart d'heure embrassé.

» Un être charitable qui, vraisemblablement, apprit notre détresse, me fit le lendemain remettre deux louis par un inconnu : je les acceptai, et me prosternai à terre, en remerciant la Providence qui ne m'abandonnait pas.

» Dès ce moment, nous prîmes la résolution de nous retirer avec notre famille, dans la province qui nous a vu naître. Nous étions sur la route, cheminant avec bien de la peine, lorsqu'a passé près de nous monsieur votre

Pasteur, le plus humain des hommes ».

Bazile avait cessé de parler, que toute l'assemblée attendrie gardait encore le silence — Vieillard digne de toute l'estime des gens vertueux, reprit enfin le Vicomte, en essuyant les pleurs qui baignaient son visage ; jouissez du spectacle de notre admiration pour votre sublime dévouement ; votre coeur généreux a pénétré les nôtres du plus tendre intérêt : vous méritez un autre sort ; c'est à moi, qui connais maintenant votre position déplorable, à vous tirer de la misère. Elle ne s'acharnera plus à vous poursuivre : je réparerai, en quelque sorte, l'injustice, la barbarie de la fortune. J'assure quatre cents livres de rente, à vous, à votre femme, pour votre vie et la sienne ; et de ces quatre cents livres, deux, après votre mort, seront réversibles, à votre volonté, sur vos enfans. Je vais ordonner qu'on vous prépare un logement dans ma ferme ; on y aura soin de vous et de votre famille. Vous ne partirez de chez moi, homme respectable, que lorsque vos forces, bien rétablies, vous permettront de continuer votre route. J'espère qu'arrivé chez vous, vous m'infor-

merez

merez de votre voyage, et que
tous les ans, à pareil jour, je re-
cevrai une lettre de vous, ou de
votre femme, ou de vos enfans,
à qui je prétends servir de second père. S'ils suivent votre
exemple, s'ils sont sages et bons
comme vous, ils peuvent comp-
ter à jamais sur moi. Je vous le
répète, ô le meilleur des hommes, quand vous vous serez rendu au lieu de votre destination,
ne me laissez ignorer rien de ce
qui vous concernera : voilà la ré-
compense que je vous demande
pour un faible bienfait, pour
quelques légers soins que j'aurai
de vous. Vous ne me donnerez

18

jamais de vos nouvelles, que
vous ne me procuriez un jour
heureux, puisque vous me rap-
pellerez le souvenir de celui-ci.

Tout le monde applaudit à
la sensibilité du Vicomte, ainsi
qu'à la manière noble avec laquelle il venait au secours de
cette famille pauvre et honnête.
Les personnes de sa société vou-
lurent l'imiter : chacun plus ou
moins, offrit un tribut à la
vertu long-temps délaissée, et
sentit que si ce moment n'était
pas le plus gai de la fête, il en
était au moins le plus doux et
le plus beau. On éprouve toujours qu'en faisant le bien, il est

un plaisir secret qui surpasse
toutes les autres jouissances.

Le Vicomte de Lorzange, le
Curé, et généralement tous ceux
qui avaient assisté à la fête, con-
duisirent Bazile et les siens à la
ferme du château. Alors les paysans prirent congé de leur seigneur, en lui souhaitant mille bénédictions, et s'en retournèrent
chez eux dans une espèce de
marche réglée, au son des ins-
trumens champêtres.

Entrons dans le logis de Gennevotte pour savoir ce qu'y font
ses deux filles. Colette s'endor-
mit d'un sommeil tranquille. Fille
ingénue, et à l'aurore de son

printems, perd aisément le souvenir d'une légère contrariété.
On jouit toujours à quinze ans,
parce que l'on ne s'occupe que
du moment actuel. Mais, hélas!
cet âge du bonheur passe si ra-
pidement!

Quant à Rosine, elle ne pût
fermer l'oeil. Et le moyen? Toutes les promesses de Terval reviennent s'offrir à son imagination, sans qu'elle puisse s'en
distraire. Elle se rappelle toutes
les questions du Marquis, et
craint d'y avoir mal répondu.
L'idée de toutes les belles choses
dont elle pourra jouir, lui tourne
l'esprit et la jette dans une espèce

d'yvresse, tellement qu'elle ressemblait à une personne attaquée de la fièvre. Elle se compare déjà aux grandes Dames de la Cour, et ne s'occupe plus que de parures, de diamans, que de chevaux, de ses gens, de livrées, d'équipages lestes et magnifiques : Rosine dans ce songe allait plus loin même que la réalité.

Terval, grace à l'imagination de Rosine qui faisait tous les frais de l'apothéose, devenait un dieu pour elle. — Un tel amant ne saurait être volage : il m'aime ; donc il m'aimera toujours, concluait-elle. Riche de ses dons, sans cesse il inventera de nou-

veaux plaisirs pour sa Rosine.
Paris, m'assure-t-il, est le séjour du bonheur, et M. le Marquis ne veut pas me tromper : il
me l'a juré mille fois.

Rosine était prévenue par
Terval qu'il y aurait le lendemain
un bal masqué au Château. Il
lui avait laissé à entendre qu'il
obtiendrait de Gennevotte que
ses filles y assisteraient. Une ré-
flexion triste pourtant trouble
son plaisir. Elle est inquiète :
elle ne se déguise point que dans
ses habits de paysanne, elle né
saurait, qu'à son désavantage, se
montrer au milieu de tant de
Dames vêtues avec autant de ri-

chesse que d'élégance ; enfin sa
tête est un cahos, et l'aube du
jour commence à paraître, que
Morphée n'a pas encore clos les
paupières de Rosine.

Transportons – nous maintenant dans l'appartement de Lorzange. Le Vicomte et le Marquis
y sont ensemble : l'amour les y
tient éveillés , lorsque tout le
monde dans le Château est profondément endormi. Il n'est sorte
d'éloges qu'ils ne prodiguent à
leurs maîtresses ; et leurs maîtresses, comme on s'en doute
bien , sont Rosine et Colette.
Après avoir vanté leurs graces,
tous les charmes qu'ils ont dé-

couverts en elles, ils les détaillent
de nouveau, les exagèrent, et re-
commencent, sans pouvoir finir.

Ce n'est pas qu'elles eussent
réellement tous les attraits qu'on
remarque dans la Vénus de Mé-
dicis. Leur naïveté, opposée à
l'art, faisait véritablement leur
plus grand mérite pour plaire
au Vicomte et au Marquis : tant
le charme de la nouveauté et
des contrastes a d'empire sur les
hommes!

Marquis, dit le Vicomte, tu
es aimé de Rosine encore plus
que tu ne l'aimes : tu n'as rien à
désirer. Que notre sort est différent! j'aime sa soeur : eh bien!

toujours timide et tremblante devant moi, je ne puis apprivoiser
cette enfant. Sans cesse elle m'é-
vite : c'est la craintive colombe
qui redoute la serre de l'épervier.
Pour m'humilier d'avantage, il
faut qu'elle me préfère Colin,
mon filleul, et que ce soit elle-
même qui me l'ait dit. Tantôt,
bien plus occupée de lui que de
moi....–Quoi! dit Terval, ce
vol de fleurs, si peu de chose
t'inquiète? en vérité, Vicomte,
tu es plus enfant qu'elle. Serais-
tu effectivement assez faible pour
craindre un tel rival, Monsieur
Colin? Imite-moi : j'enleverai
Rosine ; emmène ta Colette à

Paris. Sur ma parole, elle aura
bientôt oublié son Pâtre ; elle
s'habituera facilement à un plus
doux genre de vie, elle prendra
tes principes, s'accoutumera à
tes goûts ; enfin calquera son caractère sur le tien. — Quel projet
oses-tu me proposer, interrompt
Lorzange, avec feu ? Moi ! me
rendre indigne par une action
aussi vile, de l'estime de tous
mes vassaux ! moi qui leur dois
l'exemple des vertus, me montrer le corrupteur de leurs enfants ! Non ; non, ce n'est pas
à un tendre père à porter la dé-
solation et la mort dans le sein
de sa famille. — Ne te plains donc

pas, Vicomte, puisque tu ne sais point saisir les moyens d'être heureux. Soupire en Céladon pour ta paysanne ; languis, prends la houlette, fais redire aux échos les rigueurs de la cruelle : compose des Élégies ; donne dans toutes les fadeurs pastorales, afin qu'un jour on grave pour toi cette épitaphe sur un marbre funéraire :

Sous cette tombe gît Lorzange.
De la jeune Colette il ne fut point aimé :
Amant respectueux, il mourut, chose étrange !
Il mourut d'amour consumé.

Comme le marquis achevait ces vers in-promptus, le coq chanta, pour annoncer les premières lueurs de l'aube matinale. Bientôt

la nuit s'éclipse tout-à-fait devant l'aurore, et le coq de nouveau salue le dieu de l'univers.
C'est cet oiseau qui, le premier,
chaque jour, rend hommage à
la nature : c'est le coq qui ré-
veille l'industrie. Chacun, averti
par son chant, reprend ses tra-
vaux que le sommeil a suspen-
dus. Le laboureur retourne assez
gaiement à sa charrue, le fermier
à sa métairie, le moissonneur
aux champs ; et les bergers con-
duisent leurs troupeaux aux pa-
turages. O vigilante activité !
c'est toi qui ranimes tout, tu es
l'ame de tout ! c'est à la faveur
des ressources que tu lui fournis,

que

que l'homme de la campagne,
nourricier de l'habitant des villes,
double et prolonge son existence, en l'assurant à ses enfans.

Telle est notre faiblesse, que,
presque toujours, nous raison-
nons bien, et que nous agissons
mal. Nous venons de voir le
Vicomte marquer une juste in-
dignation au projet honteux de
Terval ; eh bien ! il n'est pas
plutôt levé, qu'entraîné par le
même Terval, ils vont ensemble
chez Gennevotte. Ils espèrent
que ses filles ne seront pas encore
sorties. Cette bonne femme était
occupée à faire traire devant
elle ses brebis, Colette à ranger

le ménage, et Rosine à tresser, avec le plus de goût possible, sa belle et longue chevelure.

Gennevotte rentrée avec le Vicomte et le Marquis, ne sait de quelles expressions se servir pour leur témoigner, et particulièrement à M. de Lorzange, combien elle se trouve honorée de leur visite. – Vous, messieurs, leur dit-elle, de si bon matin dans notre humble demeure! Ah! votre présence, sans doute, nous annonce un beau jour. Mes filles et moi nous serons encore plus heureuses aujourd'hui que de coutume ; car par-tout où vous portez vos pas, la félicité doit être avec vous. Le Vicomte rougit d'être jugé si favorablement, et sans Terval qui prit tout de suite la parole, Lorzange déconcerté eût, en avouant sa faute, renoncé, à l'instant même, à consommer le déshonneur de l'innocente Colette. - Nous venons, dit Terval à Gennevotte, vous demander vos deux filles pour le bal de ce soir. La Comtesse de Breuil, cousine du Vicomte, viendra les prendre, et s'en chargera pendant toute la fête. Elle ne les quittera point, elle veillera sur elles comme vous-même. Il fallut que Lorzange appuyât le Marquis de

quelques mots. — Monseigneur
doit ordonner, dit Gennevotte.
Mon Dieu! où mes filles pour-
raient - elles être mieux qu'au
Château, et sous les yeux de
xotre vertueux Seigneur? n'est-
il pas le père de tous nos enfants? Terval qui s'apperçoit de
la confusion du Vicomte, ne lui
laisse pas le temps de répondre,
et l'entraîne, comme de force,
avec l'air pourtant de rire et de
folâtrer. Pendant tout le chemin,
Terval combattit les remords du
Vicomte, et parvint à les lui
ôter. Tant il est vrai qu'il faut à
un homme aimable, jeune, riche
et entouré de toutes les séduc-

tions, une vertu plus qu'humaine, pour vaincre les désirs qu'excitent en lui la beauté, la jeunesse et les graces unies dans un sexe qui a toujours triomphé de l'autre.

Sur les cinq heures de l'après-midi, la Comtesse de Breuil vint chercher dans sa voiture Colette et Rosine : elle les avait toujours aimées. Elle se promettait un plaisir charmant de la surprise de nos deux jolies villageoises, quand elles entreraient dans la salle du bal. Il est nécessaire qu'on sache que la Comtesse n'était nullement la confidente du Vicomte et du Marquis ; qu'elle

19.

ignorait leurs coupables fantai-
sies, et que parconséquent si
elle les favorisa, ce fut sans le
savoir.

Rosine et Colette embrassent
leur mère et montent dans la
berline de Madame de Breuil.
La langue n'a point de mots
assez expressifs pour peindre
l'enchantement de Rosine, lorsque dominant avec orgueil sur
les personnes qu'elle rencontrait à pied dans les rues, elle
imagina que toutes les promesses
de Terval commençaient déjà à
se réaliser. Pour Colette, si elle
parut étonnée, ce ne fut que
du bruit assourdissant, produit

par le carosse qu'emportaient, avec une extrême rapidité, deux forts et superbes chevaux. Involontairement elle éprouve une certaine mélancolie, dont elle ne cherchait point à se rendre compte ; mais gardant un morne silence, elle laissa un libre cours à mille questions ridicules que fit Rosine à la Comtesse qui s'en amusait. Comment Colette se serait - elle réjouie ? La pauvre petite allait passer une journée entière sans voir Colin. Un jour, lorsqu'on aime, équivaut à un siècle, dans l'absence de l'objet chéri. Colette n'était point infatuée des grandeurs : elle se plaisait si bien à l'ombrage d'un hêtre avec son berger ! Sans Colin, quels plaisirs pouvait-elle espérer ?

On arrive. Trois cavaliers se présentent à la portière de la voiture, et offrent leurs bras. On se doute bien que le Vicomte et le Marquis étaient au nombre des trois personnes venues au devant de la Comtesse, et qu'ils étaient là, plus pour le compte de Rosine et de Colette, que pour celui de la cousine de M. de Lorzange. Nos deux villageoises rougirent ; l'une de plaisir, l'autre par modestie.

La Comtesse de Breuil, un

instant après qu'elles eurent été introduites au salon, les condui-sit dans son appartement.

Qu'on se rappelle la scène de Ninette à la Cour, et l'on se formera une idée vraie des mi-nauderies et des extravagances de Rosine à la toilette de Madame de Breuil. On ne lui essayait pas un ruban, un chiffon, que se mirant dans toutes les glaces, sa vanité ne lui suggérât que le sort avait été bien injuste envers elle, en ne la faisant pas naître grande dame. La Comtesse la pare de ses plus riches atours, et demande son écrain : elle couvre de diamans la jeune per-

sonne. Alors la tête tourne tout-
à-fait à Rosine, et peu s'en falut
qu'elle ne devînt folle. – Dans
peu, lui dit le Marquis, en lui
parlant bas à l'oreille, dans peu,
belle Rosine, vous en posséde-
rez autant. Elle allait lui répondre ; mais on vint demander
Terval de la part du Vicomte,
et il sortit avec la Comtesse qui
avait achevé de s'habiller.

Rosine, de nouveau, devant
un miroir s'y régale du plaisir
de s'admirer, et répète toutes les
scènes de coquetterie qu'on a
vues au Théâtre.

Colette, au contraire, s'en-
nuie de tant d'apprêts, et baille

entre deux femmes-de-chambre
des plus adroites qui s'étudient,
à force d'art, à embellir la nature. – Que de temps perdu, ma
sœur, dit-elle à Rosine! j'ai
bien plus vîte mis mon bavolet
et mon chapeau de paille. En
vérité je mourrais de tristesse,
si l'on me tourmentait ainsi tous
les jours. Émilie prépare le pot
de rouge pour achever la parure
de Rosine. – Quoi! ma sœur,
vous allez mettre du fard? pour
moi je n'en veux pas. En retournant au village, nous allar-
merions ma mère qui se persuade-
rait que nous aurions la fièvre. –
Toutes les grandes Dames en

font usage. – D'accord ; mais nous ne sommes que de simples paysannes. Pourquoi encore sur ton visage ces taches noires qui ressemblent à des éclaboussures d'encre ? – Ce sont des mouches, lui dit Émilie : elle servent à relever l'éclat du teint.

Tout paraissait enchanteur, merveilleux à Rosine : pour Colette, elle faisait avec ingénuité, et avec un grand sens, la satyre du luxe. Rosine se croit charmante, à ravir. Sa soeur avait été tentée vingt fois de reprendre son juste de taffetas couleur de rose, dans lequel on lui trouvait, avec raison, tant de grâces.

Les

Les toilettes s'achèvent, et voilà
Rosine et Colette transportées
tout-à-coup dans une des pièces
où l'on dansait. Toutes avaient
été décorées par le goût. Mille
bougies allumées et réfléchies
dans des lustres et des trumeaux
éblouissans, réalisaient tout ce
que les Poëtes ont fait créer à
la baguette des fées. Rosine est
éblouie, Colette aveuglée. Elle
ferme long-temps les yeux, ne
pouvant supporter un si grand
éclat de lumière. Mais quelle
surprise pour elle, venant à les
rouvrir! Non ; son effroi ne
peut se concevoir. Elle jette des
cris perçans, lorsqu'elle se voit

20

entourée par mille figures plus
hideuses les unes que les autres.
La peur la précipite vers la porte
pour s'échapper ; mais il s'as-
semble alors tant de masques autour d'elle, qu'un saisissement
de crainte la suffoque. Elle tombe
évanouie. A cette vue, le Vicomte, hors de lui-même, ne
se possède plus, il s'empresse,
il vole au secours de Colette,
la délasse, la transporte en ses
bras dans une salle voisine, pour
qu'elle puisse, loin de la foule,
respirer plus à son aise : à force
de sels et d'eaux spiritueuses, il
parvient à la rappeller à la vie.
Colette ouvre enfin deux grands

yeux qui parcourent languis-
samment l'espace dont elle est
environnée. Malheureusement
elle jette un coup-d'oeil sur celui
qui la secourt. Dieux! quelle
nouvelle frayeur la saisit! le Vicomte, dans le trouble causé par
la triste situation de la jeune villageoise, avait oublié d'ôter son
masque : autre attaque de con-
vulsions. L'imagination de Colette se frappe ; elle croit voir
quelque diable. — Il va s'emparer de moi, s'écrie-t-elle ; ayez
pitié de moi ; défendez-moi de
ses griffes. Elle frissonne. A plusieurs reprises elle appelle tantôt
sa mère, et plus souvent Colin.

Le Vicomte, jugeant avec
raison, que Colette n'a point
été prévenue de ce qui se passe
à un bal masqué, arrache bien
vîte de son visage le carton im-
posteur dont Colette s'épouvante.
Elle reprend sa tranquilité. –
Quoi! c'était vous, Monseigneur! –– Rassurez-vous, aimable enfant : je ne vous veux
point de mal. - Ah! vous m'en
avez fait beaucoup. Pourquoi
aviez-vous trocqué votre figure
contre une si laide? Est-ce là
là manière dont on s'amuse à la
ville ? elle est bien triste. J'ai
failli en mourir. - Me pardon-
nez-vous, Colette? je suis bien

repentant. Et le Vicomte de se
précipiter à ses pieds. — Monseigneur se mocque de moi. —
Non, je vous chéris trop pour
cela. Mais vous, ma chère petite, m'aimez-vous?...Vous hé-
sitez pour me répondre. — Oui,
surement, Monseigneur, je vous
aime. — Vous m'aimez?... Con-
sentiriez-vous à passer vos jours
près de moi? — Oui, Monseigneur. — A me suivre à Paris? —
Oui, Monseigneur, si ma mère
et Colin y venaient avec nous. —
Non : nous n'y serions que tous
les deux. — Que nous deux? — Et
ceux de mes amis qui vous feraient
plaisir. — Mais Colin seul m'en

20.

procurerait. Je m'ennuierais sans lui. — Vous avez donc de l'amour pour Colin? — Je ne sais pas; je l'aime : voilà tout. — Vous renonceriez plutôt à me voir que lui? — Oh! oui, Monseigneur.

Elle fit cet aveu avec tant d'ingénuité, que le Vicomte respectant son innocence et sa bonne foi, mais honteux qu'on lui préférât, en quelque sorte, un simple villageois, lance un regard de colère sur Colette, et s'éloigne à l'instant : il n'ajoute que ces mots : Renoncez-y à jamais, et réfléchissez à mes offres.

Pendant que Colette demeure absorbée dans le cahos de ses

idées, à quoi s'occupait Rosine?
Plus âgée de quatre ans que
sa soeur, elle n'avait éprouvé
qu'une surprise momentanée à
l'aspect de tant de déguisemens
bizarres, dont se compose un
bal. Le Marquis s'en était promptement emparé. Ils causaient en
tête à tête, et avec le plus vif
intérêt de part et d'autre, au
moment qu'un domino blanc prit
Terval par le bras, et l'entraîna,
malgré lui, dans nne autre salle.
Rosine s'en allarma avec sujet ;
car le Marquis ne reparut plus,
et laissa la coquette dans une
cruelle perplexité.

Le domino blanc était la ba-

ronne de Sainte Imile. Amou-
reuse folle aussi du Marquis,
elle saisit l'occasion favorable de
lui déclarer, sans rougir, l'amour
qu'il lui avait inspiré. Tout fut
bientôt d'accord entre eux : les
voilà disparus. Rosine, comme
on dit, restait pour les gages.
Qu'on juge de sa confusion, sur
ce que j'ai annoncé de son amour
propre.

Après avoir attendu vaine-
ment le Marquis, elle reconnut
qu'elle n'avait plus rien à espérer de lui, et qu'elle en était to-
talement oubliée. Cet abandon
lui fit faire un retour sur elle-

même et sur Lisandre. — Ah! se
dit-elle, si ce tendre berger aime
encore sa Rosine, je jure, oui,
je jure de l'aimer à mon tour.
Au village, on aime de meilleure foi qu'à la ville. Un coeur
vraiment sensible vaut mieux
que l'or et les diamans : je renonce aux grandeurs, aux richesses. J'ai mérité l'ingratitude
du Marquis, en désirant de m'é-
lever au-dessus de mon état ; et
puisque je suis née dans l'obs-
curité, pourquoi ai-je voulu en
sortir? J'y veux rentrer promptement. J'y retrouverai, je l'espère, cette paix et cette tranquilité aimables, dont je jouis-

sais avant de connaître les beaux Messieurs de la Cour.

Ce moment valut à Rosine la leçon de l'expérience, et la corrigea de sa coquetterie. Plus prudente et plus raisonnable, elle fut rejoindre sa soeur, après avoir quitté, sans regrets, tous ses ornemens de bal. -- Allons, Colette, allons, lui dit-elle, regagnons notre modeste logis. Sous les lambris dorés on n'est point heureux. -- Je ne le sais que trop, Rosine. Depuis que je suis ici, je n'ai, hélas ! éprouvé que des sujets d'affliction. - Mais, tu pleures ? tu étais si gaie tantôt? - Quoi! tu verses comme moi des larmes? As-tu été trahie aussi par Monseigneur? --Monseigneur veut me séparer de Colin. Ah! Rosine, Monseigneur est bien méchant! -- Monsieur le Marquis de Terval est un perfide; il m'a trompée.

Ces deux soeurs s'affligeaient ensemble, et se consolaient par des caresses mutuelles. Le Vicomte les aborde. --Monseigneur, disent en même-temps Colette et Rosine, rendez-nous à notre mère. -- Vous ne voulez donc pas m'aimer, cruelle Colette? Pardonnez-moi : après Colin et ma mère, je vous chérirai plus que personne. Mais, Colin, je

l'ai connu avant vous ; nous a-
vons été élevés ensemble, nous
ne nous sommes jamais quittés.
Le Vicomte sourit. Il avait fait
de sérieuses réflexions, et avait
reconnu qu'il faut presque toujours que les coeurs soient as-
sortis, par les rangs ou l'éducation, pour s'aimer. – Je ne veux
plus, dit-il, en s'adressant à
Colette , contrarier davantage
vos désirs : je vais vous rendre,
trop séduisante enfant, au berger que votre coeur a choisi. Je
serai heureux de votre bonheur,
et je joins une dot pour vous à
celle que je destinais à mon
filleul. Je ferai plus : je veux
en

en unissant Rosine à Lisandre,
réparer le tort que Terval mé-
ditait contre la vertu de votre
soeur. Colette et Rosine embrassent les genoux du Vicomte
de Lorzange, et le comblent de
bénédictions : c'est ainsi qu'au
village s'exprime la reconnaissance.

A quinze jours de là, le Vicomte mande au château le Ta-
bellion et les notables du village.
Gennevotte, le bon - homme
Brunet, père de Lisandre, et
les quatre amans y étaient déjà
rendus. A l'instant même où l'on
signait les contracts, un laquais
apporte une corbeille à l'adresse

de Mademoiselle Rosine : on l'ouvre : outre de très jolis cadeaux en étoffes, en dentelles et en bijoux d'or, elle contenait de plus mille louis, dans quatre bourses. Terval ayant appris le dénouement de la fête, et la manière dont son ami cherchait à faire oublier sa faute, trop heureux de le prendre pour modèle, lui Terval beaucoup plus coupable, avait expédié un postillon pour la terre de Lorzange, avec ordre de remettre l'objet de sa commission, sans le nommer, dans la crainte que s'il se fût fait connaître, Rosine n'eût dédaigné ses présens. On ne chercha point à approfondir un secret que le donateur voulait tenir caché ; mais le Vicomte le pénétra, ainsi que Colette, et surtout Rosine. Quoiqu'elle eût renoncé tout-à-fait à Terval, elle aimait à penser qu'il s'était occupé de son bonheur ; et dans son ame, elle lui en savait un gré infini.

Le lendemain on se rendit à la chapelle du château de Lorzange, où le Vicomte avait arrêté qu'on célébrerait le double mariage ; le Marquis arriva, feignant d'ignorer ce qui se passait. Il joua très bien l'étonnement ; et s'approchant des deux jeunes accordées, il les compli-

menta, sans paraître, pour mieux
s'envelopper des voiles du mystère, s'intéresser plus à Rosine
qu'à Colette. Le Curé bénit les
époux ; leur adressa une très
courte exhortation pastorale. Par
hasard, mais comme s'il eût été
instruit des desseins qu'avaient
conçus antérieurement le Vicomte et le Marquis, il termina
ainsi son discours :

« Mes enfans, on ne saurait
» goûter de vrai bonheur en ce
» monde, que dans la vertu et
» l'égalité des conditions ».

On reconduisit les nouveaux
mariés dans un superbe salon
préparé pour la fête. L'heure

du festin des noces arrivée, le Vicomte plaça Rosine et Colette auprès de lui, à droite et à gauche, et leurs époux à leurs côtés. On chanta à la fin du repas, des couplets de Terval, dont quelques-uns ne furent entendus que de trois des auditeurs, et ces couplets n'étaient pas les moins bons.

Le Marquis dansa beaucoup avec Rosine qui lui parut plus belle que jamais. Il se flattait qu'en la ramenant le soir chez son mari, il pourrait lui parler, à quoi il n'avait pu parvenir ; le Vicomte ayant épié toutes ses démarches, afin qu'il ne se trou-

21.

vât pas seul une minute avec Rosine. Mais voilà minuit sonné. On se prépare à reconduire les deux couples. Terval compte bien suivre les garçons de la nôce. Lorzange s'approche alors de lui, et dit à voix basse : Marquis, je te retiens pour faire compagnie aux Dames. Ni toi, ni moi, nous ne devons aller plus loin : notre mission à tous deux finit ici. Est-ce que tu n'as pas entendu mon Curé qui nous a répété, fort à propos ce matin, cette maxime : « Qu'on ne saurait goûter de » vrai bonheur en ce monde, » que dans la vertu et l'égalité » des conditions » ?

A MON MARI,

LE JOUR DE SA FÊTE.

Air : Mon honneur dit que je serais coupable.

Que présenter à S. Just pour sa fête ?
Donner mon coeur, c'est ne lui donner rien :
Depuis long-temps Annette est sa conquête,
Et mes baisers ne sont-ils pas son bien ?
Composerai-je une chanson jolie ?
Je le voudrais ; mais je ne sais qu'aimer :
Aimer S. Just, lui plaire, est ma folie ;
elle est riante, et faite pour charmer.

Vois tes amis t'offrir un pur hommage :
Ah ! quel bouquet aurait un pareil prix ?
Je savais bien qu'un si cher assemblage
Enchanterait tes regards attendris.
Comme ta fête est par eux embellie !
Avec le mien leurs coeurs sont de moitié :
Pour te fêter, j'ai mis de la partie
Bacchus, les Ris, l'Amour et l'Amitié.

A MADAME LA MARQUISE DE VEZANCE,

LE JOUR DE SAINT-LOUIS, SA FÊTE.

AIR : On compterait les diamans.

Qu'elle ait l'écharpe de Vénus,
Qu'elle paraisse sans toilette;
Ses appas voilés ou bièn nus,
La pomme sera pour Lisette.
Ses graces, voilà ses atours;
Ajoutez-y son innocence:
Eh bien! elle semble toujours
Nous demander de l'indulgence.

Lisette est chère au dieu d'Amour,
L'Amitié la chérit de même:
Elle les fète tour â tour;
C'est sa félicité suprême.
Tous deux chez elle sont admis,
Sans obtenir de préférence:
C'est à l'Amour, à tes amis,
A demander ton indulgence.

Que des fleurs de la volupté
La gaité pare ton jeune âge ;
Mais le temps détruit la beauté :
L'Amour alors devient volage.
L'Amitié, sa fidèle soeur,
Nous console de son absence :
Nos rides ne lui font pas peur ;
Mais l'Amour est sans indulgence.

Tu ne peux que dans le lointain
Entrevoir de si tristes choses :
Des plaisirs le folâtre essaim
Te suit, te couronne de roses.
L'Amitié dirige leurs jeux ;
Elle calme leur pétulance,
Ou bien sollicite pour eux
Leur pardon et ton indulgence.

Le ciel te donna tous les goûts
Avec tous les talens de plaire :
Nos sages, tu les rendrais fous ;
Tu fais tout ce que tu veux faire.
Malgré beaucoup d'art et de soin,
Quand nous sommes en ta présence,

Nous avons toutes grand besoin
Qu'on nous juge avec indulgence.

L'esprit pétille en tes beaux yeux ;
Sans y songer tu nous enchantes :
On ne peut pas s'exprimer mieux ;
Car tu parles comme tu chantes.
Au hasard et tout de travers,
Moi je rime ce que je pense,
Sûre d'obtenir pour mes vers
La faveur d'un peu d'indulgence.

F I N.